AF284083

LEBENSLAUF von

WILLEM VAN LAMMEREN

aus BAD HOMBURG

vor der HÖHE

< weniger ist mehr >

Willem van Lammeren

Dieses Buch ist für die
Schwestern der Traudel;

Für die Bärbel,
die Älteste
Und für Gundel,
die Jüngste

Denn: Ich habe auch Euch
verdammt gerne !

VORWORT

Liebe Leserin, lieber Leser,

ein „Vorwort" gehört eigentlich dazu,
wenn man ein Büchlein oder gar ein
Buch schreibt. Manche Autoren
überlassen dies prominenten Menschen.
Dem Verkauf wegen. Ich habe lediglich
liebe und treue Freund*innen. Solcher
Prominenz bin ich bis heute nie
begegnet; also muss ich selbst heran.

Ich schreibe diese deutsche Kurzfassung
meines Lebens für die Menschen, die
seitlich an meiner „Vergangenheit"
interessiert sind. Weil sie mich seit
einiger Zeit kennen. Dazu gehörst
wahrscheinlich auch Du.

Ich erzähle es Euch gerne. Mein
eigentliches Leben fing erst an im
österreichischen Saalbach Hinterglemm.

Da war ich gerade 48 Jahre alt. An dem
Tag vor Sylvester 1983. In einem
Wintersport-Hotel, welches mein Sohn
Patrick ausgesucht und gebucht hatte.
Da habe ich, nach einem ziemlich
einsamen und mühsamen Tag in
schwierigem Gelände auf Langlaufski
und – logischerweise – durstig auf ein
Bier, die Traudel an der übrigens leeren
Bar des Sporthotels Ellmau getroffen.
Eine Mitarbeiterin Maria zapfte uns ein
gemeinsames 0,3 Stiegl Bier.
Dies war der Anfang einer endlosen
Liebe.

Bis zu dem Moment war ich ein weißer
Sklave. Ein Leibeigener meiner
angeheirateten Familie, der
dummerweise nicht den Ausweg fand, um
seine eigene Selbstständigkeit in den
Vordergrund zu rücken.
Für Friedrich Nietzsche war ich zu der
Zeit ein Kamel. Und viel zu lange.
Ich hatte nicht die Kraft, meine eigene
Meinung durchzusetzen und die
unendlich vielen Gaben zu benutzen, die

die Gene meiner Eltern in ihren Nachkommen gratis mitgegeben worden waren. Ich konnte außerordentlich gut managen, nur mich selbst nicht.

Alle meine fünf Geschwister haben von dem, was unsere Eltern uns mitgegeben haben, profitiert und ihren Platz in dieser Welt gefunden.

Die Traudel hat mir – in Sachen „für sich selbst aufkommen" – alles beigebracht. Sie hatte es sich selbst mühsam erkämpft. Und lebte es mir vor. Beispielhaft. Nahm mich an ihre Hand. Liebevoll. Aber unter die Haut gehend. Sie hat mich zu diesem – für mich bis dahin unbekannten und von mir selbst aus nie gewagten – Schritt der beruflichen Selbstständigkeit motiviert. Sie gab mir die Kraft. Fast unheimlich. In vielen persönlichen Gesprächen, bevor ich zu ihr zog. Und danach. In Frankfurt. In Oberursel und bei den vielen Malen, wo wir uns unterwegs trafen. Nie aufdringlich. Immer respektvoll. Und immer im Gedächtnis des Sprichwortes „ein steter Tropfen höhlt den Stein".

Die knappen, jedoch wundervollen 33 Jahre, die wir zusammen waren, sind viel zu kurz gewesen. Sie fehlt mir. Und dies wird so bleiben.

Sie war 16 Jahre und eine Woche jünger als ich. Und laut Statistiken wäre ich derjenige gewesen, der als Erster abkratzt. Und bei Männern passiert dies sowieso früher als bei Damen. Es kam, obwohl ich für sie, auch finanziell, alles darauf eingerichtet hatte – leider – anders.

Es ist so manches schief gelaufen bei der Aufnahme der Traudel in den Hochtaunuskliniken. Ihr total unerwartetes Ableben war eine absolute Katastrophe in meinem Leben; alles, was ich liebte, verlor ich in wenigen Stunden. Und eine passende Antwort auf Fragen, weshalb das Leben meiner Traudel uns dort weggenommen wurde, haben wir nie

erhalten.
Ein Weiterleben war für mich ziemlich sinnlos. Mich ständig an die gelebte Zweisamkeit erinnernd, habe ich das Leben wieder aufgenommen und damit auch meinen Krebs besiegt. Jetzt hoffe ich noch einige Jahre alle diese schönen Erinnerungen an die wirkliche Liebe meines Lebens genießen zu dürfen.

Ich widme dieses Taschenbuch den beiden großartigen Schwestern der Traudel. Der Bärbel in Hannover und der Gundel in München.
Als Dank für ihre stets liebevolle Unterstützung seit dem 2. Mai 2017.
Auch sie vermissen die Traudel.

Euer

Willem P. van Lammeren
Bad Homburg, im November 2020

1935 — 1945

Doch fangen wir an mit den ersten, horizontal fliegenden Schneeflocken, die in der Nacht vom 25. Dezember 1935 auf das Gehöft Rijk, nordöstlich in dem Haarlemmemeer Polder (oder kaum 15 Kilometer südwestlich von der Amsterdamer Stadtgrenze) und in der Nähe vom damaligen Flugplatz Schiphol herunterkamen. Dieser Polder war vorher ein Binnensee, der sich durch den ständigen, harten Wind über das ultra-flache Land aus Südwest wahllos gen Nordost ausbreitete, weil der Boden so unendlich schlaff war. Keinen festen Halt bot. Und dieser See, der ständig Land raubte, demnächst Amsterdam bedrohte. Da fasste die damalige Regierung den Beschluss, diesen See trocken zu legen und beauftragte Dipl. Ing. Lely mit dem Bau von drei dampfgetriebenen Pumpengemahlen mit Schneckenfördern rund um den See. Es wurde um den See herum ein etwa 100 Meter breiter Deich aus Lehm errichtet und darin ein Kanal – de Ringvaart – gegraben. Von Hand. Und alle Pumpen brachten das über viele Archimedes-Schnecken hochgebrachte Wasser ständig in den Kanal, welcher bei Niedrigwasser auf die Nordsee das Wasser abführte. So wurde aus einem 19.000 Hektar großem See ein Polder; mit einem Niveau von fünf Metern unter Normal Null. Da und so entstand Schiphol in 1920. Weil man damals - außer Getreideanbau auf 100 × 2000 m Parzellen – keine andere Nutzung für den trockengelegten Polder hatte.

Mein Vater hatte Werkzeugbau studiert in Delft an der Technischen Universität und war Dipl. Ing.. Er arbeitete vorher beim Militär-Flugzeugkonstrukteur Fritz Koolhoven in Rotterdam und seit kurzem nun auf Schiphol. Er hatte den Boss der KLM, Herrn Albert Plesman, (1889 – 1953) ein Jahr zuvor (1933) kennen gelernt bei der zweiten ELTA in

Amsterdam. Der Luftfahrt-Ausstellung dort. Organisiert von Plesman selbst, bekam dieses 14 Tage dauernde Ereignis über 800.000 Besucher. Plesman wollte gerne seine KLM zur Schau stellen, um notwendige Passagiere zu werben und gleichzeitig Piloten anzuheuern

Albert Plesman war erst recht kein einfacher Mensch; für seine Piloten oft ein brutaler, rücksichts- und gewissenloser Hund; der mehrere Piloten (und infolgedessen Maschinen und Passagiere) auf seinem Gewissen hat. Er nötigte, ja zwang sie bei besonderen Anlässen zum Fliegen, auch wenn das Wetter schlecht war und die Piloten selbst nicht fliegen wollten. Er drohte mit Entlassungen. Vor allem vor dem Krieg. Am 1.9.1944 wurde sein Sohn Jan, der bei der RAF einen Spitfire flog, über St. Omer (F) abgeschossen und starb. Auch verlor er am 23.6.49 gegen 10:55 Uhr seinen zweiten Sohn, Hans, als Kapitän KLM der Lockheed Constellation PH-TAR Flug KL 433, von Batavia (am 21.6. dort gestartet) kommend, nach einer

Zwischenlandung in Kairo vor Bari / Süditalien, wo das Flugzeug 2 km vom Leuchtturm Punte San Cataldo entfernt aufschlug und in nur 30 Metern Tiefe versank. Alle Menschen an Bord starben. Die Ursache wurde nie geklärt.

Mein Vater mochte ihn aber und die beiden arbeiteten bis zum Tode des Herrn Plesman (am 31.12.1953) sehr eng und effektiv zusammen. Theo van Lammeren konnte damals als Chef von der Zeichenabteilung auf Schiphol anfangen; 20 technische Zeichner beaufsichtigen und wo nötig korrigieren. Und hat sich bis zum Kriegsanfang emporgearbeitet bis zum Technischen Direktor der KLM. In dem Job leitete er bei Kriegsanfang knapp 300 Monteure, die die ganze Flotte an Maschinen warteten. Schiphol war noch kein richtiger Flughafen, damals. Lediglich eine große sumpfige Wiese mit hier und da einem Gebäude. Die Flugzeuge starteten meistens noch vom Rasen. Ein Windsack und ein weißes „T" auf dem

Boden gaben die Windrichtung her. Es flogen zwar schon einzelne Menschen von Amsterdam nach London und wenig anderen Städten in den Nachbarländern, jedoch das große Interesse an der Fliegerei war noch nicht da. Trotz intensiver Werbeanstrengungen der KLM. Nicht nur auf Plakaten; auch in der Luft. Mit, nur als Beispiel, dem 2. Platz in der Geschwindigkeits-Kategorie bei dem Flugwettbewerb: MacRobertson Mildenhall (bei London) – Melbourne air race vom 20.bis 24. Oktober 1934. KLM nahm Teil mit einer DC-2 mit dem altniederländischen Namen „Uiver". PH-AJU. Zu Deutsch: „Storch". Kapitän war Koene Dirk Parmentier.

19.877 Flugkilometer in 90 Stunden und 17 Minuten! Knapp 220 kmh im Schnitt. Und dies auch noch nach einer Notlandung auf einer Pferderennbahn in Albury nahe Brisbane auf dem letzten Teilstück nach Melbourne, wegen totalem „Sauwetter", welches unerwartete Ereignis der KLM vier Stunden

zusätzlichen Aufenthalt besorgte. Das Ganze jedoch bedeutet, dass – total unüblich zu der Zeit – auch in der Nacht geflogen wurde. Denn vier Tage haben nur 96 Stunden. Bemerkenswert war die Tatsache, dass sie, trotz der erwähnten zwischenzeitlichen Notlandung in Albury, bei der die Fracht ausgeladen werden musste, nur einer speziell für dieses Rennen in England konstruierten De Havilland DH.88 Comet unterlag.
In der Komfort-Kategorie bekam man sogar den 1. Preis.

In technischer Sicht angetan von den Leistungen und überzeugt von der Zuverlässigkeit vieler „all-metal" Flugzeuge im Vergleich zu den teilweise noch aus Holz bestehenden Fokker-Produkten entwarf mein Vater ein viermotoriges „all-metal" Flugzeug. Beschrieb und zeichnete es in der Januar 1940 Ausgabe des niederländischen Ingenieurvereins „De Ingenieur, Nr. 16, Verkeerswezen 2."

Er nannte seinen Entwurf PH-LAV und berechnete, dass diese Maschine für NLG 1,2 Millionen in Serie gebaut werden konnte. Zum Einsatz würden diese Maschinen kommen auf der Strecke Amsterdam – Batavia, deren Distanz von 14.500 Kilometern in 34 Stunden ohne Zwischenlandung zurückgelegt werden konnte. Dies ist ein Schnitt von 426 km/h, dessen Geschwindigkeit auf 8.500 Metern Höhe erreicht werden sollte, bei einem Propellerrendement von 0.80 und einem Kreuzvermögen von 60% des Maximalvermögens. Der 100 Oktan Benzinverbrauch lag da bei 220 Gramm / PS / Stunde. Das Leergewicht der Maschine betrug 14 To. Und konnte 17 Passagiere befördern.

Mit 2 kompletten Bemannungen an Bord. Die Jury beurteilte seinen Entwurf am Mittwoch, den 24. April 1940 mit dem 1. Preis. Dass jedoch sein Entwurf nie gebaut wurde, lag an dem 2. Weltkrieg, der noch keine zwei Wochen danach anfing für die Niederlande und bis Mai

1945 andauerte. Da waren die Amerikaner durch ihre Kriegs-Rüstungs-Industrie schon wesentlich weiter.

Also: die größere Bekanntheit bekam KLM erst nach dem 2. Weltkrieg ab Mai 1945, wo sie den Luftverkehr mit einer DC-4 aufnahm und als erste europäische Fluggesellschaft die Verbindung zur USA herstellte. Man flog zwei Routen: die nördliche über Shannon (IRL), Gander (Canada) nach NY oder die südliche über Lissabon, Santa Maria (Açores) nach NY. Für größere Distanzen reichte der Sprit nicht. Eine „Besonderheit" zu der Zeit war, dass Passagiere sowohl in Shannon als auch in Santa Maria ausstiegen, sich über einen schönen Cocktail freuten, als Fürsten speisten und über Nacht in frisch bezogenen Hotelbetten schlafen durften, um am nächsten Morgen, total entspannt und mit einem üppigen Frühstück gestärkt, ihre Reise mit einer frischen Crew fortzusetzen. Man hatte bei KLM die üppige Konkurrenz an Bord der Luxus-Ozeandampfer noch immer im Auge.

Die Hebamme, die mir zur Welt helfen sollte, saß am Heiligabend in der katholischen Nachtmette. Und mein Vater hat sie, mit seinem Fahrrad, aus der Kirche geholt. Über einen Landweg, der wegen der Niederschlagswasser-Ableitung mit einer Rundung gepflastert war und das Glatteis den beiden ziemlich große Probleme bereitete, das gemietete Haus in der Reigerstraat 19 zu erreichen. Sie saß während der unsicheren Fahrt im Amazonensitz auf dem Gepäckträger. So hat mein Vater es mir später erzählt. Es war sehr kalt. Und das Haus hatte keine Zentralheizung, lediglich einen kleinen Kohleofen im Wohnzimmer, der nur sparsam die unteren Räume erwärmte, sodass eine größere Schale mit Spiritus angezündet wurde, um es im Schlafzimmer für die Anwesenden temperaturmäßig etwas gemütlicher zu machen. Ich bin dort zur Welt gekommen und wog 1.900 Gramm. Habe die ersten 20 Monate dort mit meinen Eltern und Großeltern mütterlicherseits, der Familie Staal-Niemer, verbracht und kann mich an diese Zeit überhaupt nicht erinnern (manche Geschwister meiner Oma mütterlicherseits schreiben sich Nejmer; dies könnte auf eine balkanische Herkunft deuten; ich hoffe dies nicht). An gar nichts. Im Nachbarhaus wohnte die Familie Finzel. Beide schon etwas älter, kinderlos und aus Berlin. Er hatte einen technischen Job bei KLM und sie, die liebe Frau Finzel, war eine große Stütze für meine Mutter; besonders während dieser, ihrer ersten Schwangerschaft. Es gibt noch Bilder, wo Frau Finzel mit mir im Kinderwagen in Rijk über schlecht gepflasterte Bürgersteige spazieren ging.

Meine Mutter wurde etwa elf Monate später mit meinem Bruder Paul schwanger und die Immobilie in meinem Geburtsort wurde darum zu klein. Deshalb hat mein Vater ein größeres Haus gesucht und gefunden in Bennebroek. Dies ist ein kleines (heute nicht mehr selbständiges; es gehört zur Gemeinde Bloemendaal) Dorf zwischen Haarlem und Leiden, sozusagen am

Anfang der Tulpenzwiebel-Strecke. Wir wohnten dort bis 1954 an der Durchgangsstraße von Haarlem nach Leiden. Eine vom Königreich unterhaltene Straße.

„Napoleonsweg" nannte man früher diese geraden Straßen, nach ihrem Erfinder und Erbauer. Und hatten einen riesigen Garten mit zwei dicken Bäumen drin; eine Kastanie in einer Ecke des Gartens und eine noch viel dickere Linde. Umfang mindestens zehn Kinder mit gestreckten Armen. Der Garten war wunderbar und hat mir von meiner frühen Jugend an die Liebe für die Natur beigebracht. Auch deshalb, da ich auf Anweisung meines Vaters, ein eigenes Stück des Gartens versorgen musste. Und grüne Daumen bekam. In 1936 fuhr er mit dem Zug von Amsterdam nach Hamburg. Ging dort an Bord der S.S. Bremen für die Überfahrt nach New York.

Eine Bemerkung zu der S.S. Bremen in dem Jahr 1936: Mein Schwager Guido von Trentini, verheiratet mit Gundel, der jüngere Schwester meiner Frau Traudel, recherchiert auch gerne die Vergangenheit bekannter Schiffe. Vor allem er, aber auch ich, haben Bilder von dieser Reise über den Atlantik studiert, abgedruckte Bilder, die mein Vater selbst aufgenommen hat. Im Winter 1937 wurden die Schornsteine der S.S. Bremen auf einer Deutschen Werft verlängert. Weil Passagiere die Abgase auf dem Hinterdeck beanstandeten. Die 9 × 9 cm Bildabdrücke meines Vaters zeigten ganz eindeutig kurze Schornsteine. Daher. Mit Dank an Guido! Ohne deinen erfolgreichen Spürsinn hätte ich das Jahr der Seereise nicht gewusst!

Die „Bremen" brauchte für die Seereise nach NY zehn Tage. Mein Vater stieg dort in die unterschiedlichsten, natürlich dampfgetriebenen Eisenbahnen, wie Union Pacific und Central & Western Pacific, und ließ sich während der fünf Tage rund um die Uhr quer durch die USA nach Santa Monica in Kalifornien fahren. Mit vielem Umsteigen. Dort bestellte er im Auftrag der KLM bei Donald Douglas 32 Flugzeuge; 27 vom Typ DC-2 und fünf von der Weiterentwicklung DC-3, welche acht Passagiere mehr befördern konnte. „DC" heißt Douglas Commercial; man baute auch für das Militär. Die Flugzeuge wurden, eins nach dem anderen, in den sieben Monaten danach geliefert. In Kisten verpackt, über See, und kamen in Rotterdam an. Anthony Fokker baute sie in seinen Werkstätten auf Schiphol zusammen und übergab sie der KLM. Man flog damit – zweimotorig – damals nach Batavia (heute Djakarta)! Zwar nur bei Tageslicht, wie damals üblich. Aber immerhin. Heute – hundert Jahre später – wieder. Aber mit tausendfach stärkeren und zuverlässigen Düsentriebwerken. Und vor allem: nicht im, sondern über dem Wetter!

Bruder Paul ist in Bennebroek am 1. September 1937 geboren. Mein Vater hatte inzwischen ein Auto (ein Wanderer), womit er jeden Tag die etwa 35 km nach

Schiphol zur Arbeit und zurück fuhr. Im Herbst 1939 wurde von der Regierung die Mobilisierung der Niederländischen Armee befohlen, weil Adolf Hitler sich auch den Niederlanden gegenüber sehr feindselig verhielt. Er wollte „Lebensraum" in den damals schon sehr dicht besiedelten Niederlanden. Unbegreiflich. Hitlers einzig richtiger Grund muss die Einnahme der Häfen Rotterdam und Amsterdam gewesen sein, in seinem Plan, Groß-Britannien „einzugliedern". Unsere Königin Wilhelmina war, wie zu der Zeit üblich in den Königshäusern Europas, die ausschließlich untereinander heirateten, während des 1. Weltkrieges auch in ihrer Abstammung als Familie irgendwie verschwägert / verbandelt mit Kaiser Wilhelm II.

Und eigentlich nur deshalb wurden die Niederlande in 1914 – 1918 verschont von einer deutschen Besatzungsmacht. Blieben neutral. Dafür flüchteten hunderttausende Belgier in die südlichen niederländischen Provinzen und blieben dort. Wilhelmina erlaubte im Herbst 1914 – anfangs des 1. Weltkrieges – dem Kaiser, seine Truppen zu Fuß durch Süd-Limburg marschieren zu lassen. Von Aachen bis Maasmechelen in Belgien. Aber: „leise und bei Nacht". Das tat er auch und besetzte zudem in der Nacht das Fort Eben Emael und drei Brücken in der Nähe, mit Lastenseglern und Fallschirmjägern. Ein moderner Angriff, worauf die Belgier überhaupt nicht vorbereitet waren.

Mit seinem familiären Hintergrund zu unserem Königshaus durfte der Kaiser im gastfreien Holland ins Exil in 1918. In der Nähe von Utrecht auf einem bescheidenen Schlösschen. In Deutschland geschasst, lebte seine Majestät noch einige Jahre in Austerlitz. Unsere damalige Königin Wilhelmina Helena Pauline Maria, die damals im 1. Weltkrieg dem Kaiser den Durchzug der deutschen Armee in Süd-Limburg gestattete, war im Palast Noordeinde in Den Haag geboren worden. Als einzig überlebendes Kind von dem niederländischen König Willem III. war sie die alleinige Thronerbin. Wilhelmina war jedoch erst zehn Jahre alt, als der König starb. Bis sie das Alter von 18 Jahren erreichte, übernahm daher ihre Mutter Emma die Regentschaft. Dank der Vermittlung durch ihre Mutter machte Wilhelmina die Bekanntschaft eines gewissen Heinrich zu Mecklenburg-Schwerin. Er wurde schließlich ihr Ehegatte. Und nahm den königlichen Namen Willem III. an. Er ist jetzt noch bekannt als beispielloser, überwiegend hormongesteuerter Seitenspringer und Fremdgeher. Es gab mehrere uneheliche Kinder über die ganzen Niederlande verstreut. Dafür blieb über lange Zeit die Ehe mit Wilhelmina kinderlos. Es wurde bereits befürchtet, ein deutsches Familienmitglied Heinrichs müsse das Thronerbe antreten. Am 30. April 1909 wurde jedoch endlich eine Prinzessin geboren: Juliana. Das Niederländische Volk war im Freudentaumel.

Das Verhältnis Juliana / Bernhard zu

Lippe Biesterfeld (obwohl Bernhard ein gebürtiger adliger Deutscher aus der Jenaer Gegend war) zu der Führung des Dritten Reiches jedoch war mehr als feindselig.

Obwohl Hitler die Heirat zwischen Juliana und Bernhard (1937) fälschlicherweise als „ein Zeichen der Allianz beider Staaten" sah. Und die königliche Familie flüchtete wenige Tage nach dem deutschen Übergriff am 10.5.1940 in letzter Minute nach England, wo Königin Wilhelmina mit ihrem Stab und Schwiegersohn Bernhard in London blieb. Bernhard wollte sich militärisch gegen die Wehrmacht einsetzen, jedoch Churchill traute ihm nicht. Ihre Tochter Juliana zog mit Kindern nach Kanada weiter. Juliana bekam in ihrer Ehe 4 Mädchen; die Älteste war Beatrix. Sie wurde die Nachfolgerin ihrer Mutter auf dem Thron.

Mein Vater war nach seinem Studium an der TH in Delft als dienstpflichtiger Soldat nach Breda eingezogen worden und wurde als Offizier bei der Artillerie ausgebildet. Er wurde im September 1939 über die Woche als mobilisierte Reserve, erster Leutnant, privat einquartiert in Rotterdam-Hillegersberg bei Frau Verhoeven. Nahe seiner Flakbatterie auf dem Lande. Was meine Mutter extrem eifersüchtig machte. (Hat sie mir später erzählt). Vater war jedoch während der ganzen Mobilisierungszeit an den Wochenenden zuhause und im März 1940 wurde mein zweiter Bruder Theo in unserem sehr geräumigen, großen Haus an der Bijweglaan 35 in Bennebroek geboren. Er starb Anfang August 2019 in Kissonega auf Zypern, wo er seit 12 Jahren mit Lebensgefährtin und 3 Hunden glücklich wohnte. Seine drei Brüder haben sich, kurz vor seinem Ableben, von ihm vor Ort verabschiedet.

Der Krieg in den Niederlanden fing am Sonntag, dem 10. Mai 1940 an. Meine Mutter schlief an der Vorderseite im großen Eltern-Schlafzimmer an der Durchgangsstraße Haarlem – Leiden, wo auch die Wiege meines Bruders Theo stand. Dieses Zimmer hatte ein Balkon über die ganze Frontbreite. Von dort aus sah ich an dem sonnigen Sonntagmorgen Flugzeuge, die um den Kirchturm drehten. Und einen beängstigenden Krach machten. Später habe ich in entsprechenden Büchern gesehen, dass es Me-109's waren. Ich fragte meine Mutter (ich war 4,5 Jahre alt), was dies war. Sie sagte „Krieg" und ihr Gesichtsausdruck dabei deutete nichts Gutes. Am nächsten Morgen fuhren viele Gespanne mit Pferden und Soldaten an unserem Haus vorbei. Die Niederländische Armee. Da wir einen Wasserhahn an der Straßenseite unseres Hauses hatten, wurden die Pferde vor unserem Haus aus Stoffeimern getränkt. Zwei Tage später fuhren endlose Reihen von Panzern an der gleichen Stelle vorbei. Sie hatten ein Kreuz und eine Nummer auf ihren Geschütztürmen und rasselten über den Asphalt. Machten diesen total kaputt. Ich habe – klein wie ich war – Vergleiche zu meiner Mutter ausgesprochen und gesagt: „Von denen können wir nie gewinnen." Es kam – Gott sei Dank und ohne meine Hilfe – anders.

Mein Vater hatte in diesen Tagen die Befehlskraft über eine FLAK-Batterie mit Oerlikon Kanonen irgendwo in einem Polder zwischen Den Haag und Delft. Von den Transportflugzeugen, auf Flugplatz Ypenburg bei Den Haag gestartet, mit Fallschirmjägern, die Rotterdam angreifen wollten (Niederländische „Mariniers" (marines)), verteidigten sie die Brücken in Rotterdam sehr erfolgreich gegen Fallschirmjäger, die überhaupt seit schon zwei Tagen keine Fortschritte machten. Deshalb ließ Hitler die Stadt bombardieren, um eine Kapitulation zu beschleunigen. Während des Überflugs von Ypenburg nach Rotterdam hat seine Batterie da zwei dreimotorige, aber trotzdem langsame Tante Ju 52 abgeschossen, und er sowie seine Mannschaft sind anschließend durch die Fallschirmjäger, die den Abschuss überlebten, kriegsgefangen genommen worden. Er musste zu Fuß nach und durch das brennende Rotterdam (Angriff von Göring am 14. Mai 1940 mittags um 14 Uhr befohlen, wobei das Herz von Rotterdam bombardiert wurde und knapp 1.000 Menschen ihr Leben verloren). Ein Monument vom Bildhauer Zadkine erinnert an diese Untat und alle Kirchglocken in der Innenstadt läuten jeden Tag um 14 Uhr zur Erinnerung. Er und seine Mannschaft mussten in einer Kirche vier Tage ausharren, bevor sie nach Hause geschickt wurden.

Weil er an der technischen Universität in Delft Dipl. Ing. geworden war (1932) und in seiner Studienzeit (Werkzeugbau) überwiegend deutsche Fachliteratur gelesen hatte, war er „gut" in dieser Sprache zuhause. Während einer der Rauchpausen auf der Treppe vor der Kirche unterhielt er sich gerne mit seinen Bewachern. Und sah, wie sein Auto vorbeifuhr. Der Wanderer W 24 mit 30,9 kW Motorleistung (ein Produkt der Wanderer Werke in Chemnitz: Die Kraftfahrzeugsparte wurde 1932 in die

Auto Union eingebracht und somit Vorläufer der heutigen Audi AG). Gelenkt von einem Zigeuner. Die Wehrmacht sorgte dafür, dass er abends seinen „Wanderer" zurückbekam. Unversehrt. Und mit neu aufgefülltem Tank.

Jedoch auch Schiphol war bombardiert und von der Wehrmacht besetzt worden und mein Vater deshalb ab dem 14. Mai 1940 arbeits- und brotlos. Die KLM hatte über Nacht aufgehört zu existieren. Mein Vater hat während des Krieges in seinem Versteck technische Bücher geschrieben und herausgegeben über den Henk-Stam-Verlag in Haarlem. Von dem, was er dafür bekam, haben wir gelebt. Und viele Utensilien aus unserem Haus zu den geizigen Landwirten gebracht als Tauschhandel für Lebensmittel.

In dem Haus neben uns wurde die Ortskommandantur eingerichtet und mein Vater musste abtauchen, weil die Luftwaffe den „Chef der Instandsetzungsabteilung der KLM" suchte, um Leitung zu geben an hunderte von KLM Mechanikern auf Schiphol. Die mussten, als „Gastarbeiter" der Luftwaffe – unbezahlt – in Schichten angeschossene Flugzeuge der Luftwaffe reparieren. Dies ging nicht lange gut …

Meine Schwester Marianne wurde im Oktober 1942 und Yvonne im Mai 1944 geboren. Unsere freistehende Garage war Vorrätekammer für die Ortskommandantur und wir haben regelmäßig als Kinder dort Essenswaren geklaut. Durch ein Fenster, so groß wie heute ein Blatt Papier A4. Wir nahmen den Kitt heraus und entfernten vorsichtig die Glasscheibe. Theo stieg ein. Er schaffte dies. Wir machten nach dem Raub den Kitt mit Petroleum wieder geschmeidig und drückten es wieder fest. Petroleum gab es aus einem emaillierten Gestell meiner Mutter mit drei Dochten. Darauf wurde anscheinend gekocht. Der frisch geknetete Kitt musste dann halten bis morgen. Tat er auch.
Ich erinnere mich noch sehr lebendig an das „Kommissbrot". Steinhart und aus Sauerteig. Kannten wir nicht. Unser Brot

war mit Hefe gebacken und immer geschmeidig schwammig. Die Wehrmacht muss von unserem Klauen gewusst haben, weil offensichtlich Lebensmittel fehlten. Aber hat ein Auge zugedrückt. Auf dem Speicher hatte meine Mutter 2 abgehauene Polen (die als Zwangsarbeiter Eisenbahngleise reparieren mussten nach Flieger-Attacken der RAF) aufgenommen und dazu kamen später noch mehrere englische und amerikanische Bomberbesatzungen, die meistens nur etwa 8 bis 10 Tage blieben, bevor sie nach Spanien weitergebracht wurden. Auch die wurden mit Brot etc. versorgt. Nur 1 Schotte – er war Bordschütze (auf englisch: tail-end-Charlie) in einem Halifax in 1943 abends auf dem Weg ins Ruhrgebiet konnte als einziger in der Nähe unseres Hauses abspringen. Dies war nicht einfach; die Kuppel am Heck war so eng, dass er seinen Fallschirm während des Fluges nicht anhaben konnte. Er musste zuerst seinen Platz verlassen, bevor er seinen Schirm anziehen konnte. Erzählte er mir. Er blieb den ganzen Krieg bei uns auf dem Speicher, kehrte nach der Befreiung durch die Kanadische Armee am 5. Mai 1945 nach Schottland zu seiner Farm zurück und heiratete danach unser Hausmädchen, welches er bei uns lieben gelernt hatte.

Zur Grundschule ging ich In Bennebroek ab dem 1. September 1942. Auf die „Sint Franciskus School". Bei den „Frêres de la Salle" einem französischen Orden. Bei Brüdern also. Das Kloster stand neben einem Schwestern-Internat. Les soeurs de „quelque chose". Oder die Schwestern von etwas. Natürlich gehörten die auch zu einem Orden; ich habe nur den Namen vergessen. Aber damals dachte man sich nichts dabei. Man musste 6 Jahre alt sein, um zum Unterricht zugelassen zu werden, und ich hatte einen unglücklichen Geburtstag mit dem 25.12.1935. Wurde nach 3 Monaten in der 1. Schulklasse schon 7 Jahre alt. Ich war dort 4 Jahre und ging dann zu einer vorbereitenden Schule im Nachbarort Heemstede, wo ich während 2 Jahren – wieder von dem gleichen Orden – auf das Gymnasium vorbereitet wurde. Entlang unseres Schulgebäudes hatten wir Luftschutzkeller. Teilweise überirdisch. Die Klassenlokale lagen ebenerdig und wir mussten bei Alarm durch die Fenster in den angrenzenden Luftschutzraum flüchten, wo der Schulbetrieb fortgesetzt wurde. Dies passierte dann, wenn US-Bomber (bei Tag) angegriffen wurden von der Luftwaffe (gestartet von Schiphol). Wenn ein B-17 von Bordgranaten eines Me-109 getroffen wurde, dann löste er als Erstes seine Bombenfracht. Die explodierte dann spontan in unseren Gefilden. Das Gymnasium besuchte ich in Leiden; im Winter mit dem Linienbus, im Sommer manchmal mit dem Fahrrad. Die knappen 20 Kilometer hatte ich – hin und zurück – immer gefühlt Gegenwind. Der Bus brachte uns leichter nach Leiden, wo ich 1956 mein Abitur gemacht habe, an dem „Bonaventura Lyceum", geführt von

Franziskanern OFM. Sie haben mich nie sexuell belästigt.

Ich liebte damals als Kind das Schlittschuhlaufen. Die Winter waren bei uns dafür prima; die überall zugefrorenen Kanäle und Großteiche auch.
Ich hatte „friesche doorlopers". Womit man nur geradeaus fahren und mit Schrägstellung der Gleiteisen bremsen konnte. Wie ein Schneepflug. Wie ich zu den Schlittschuhen gekommen bin, ist nicht mehr präsent. Aber: es war während des Krieges. Man hat sie mit Lederriemen unter hohen Schuhen oder Gummistiefel gebunden und fuhr einfach weg. Man stand etwa 4 cm hoch auf dem Eis. Diese einfachen Schlittschuhe mussten jedoch jedes Jahr geschliffen werden, um „griffig" zu bleiben. Weil man ab und zu auch über zugefrorenes Land damit gelaufen war um die nächste Eisfläche zu erreichen. Darüber hinaus rosteten sie. Es war billiger Stahl. Die Instandsetzung kostete in meinen Augen sehr viel Geld; mehr als ich vom normalen Taschengeld

übrig hatte. Der Mann im Dorf, der im Sommer Fahrräder reparierte, schliff im Winter die Schlittschuhe. Van Bakel. Er hatte – wirklich – 6 Finger an jeder Hand und war stolz darauf, weil es „verdammt praktisch" war, wie er sagte. Also: musste Geld verdient werden. Damit auch die Schlittschuhe in Form blieben.

Ich startete mit einem Babysitbüro. Verlangte NLG 0,25 je Stunde und nach 23:00 Uhr doppelten Tarif. Im Ort Bennebroek wohnten viele KLM Piloten und Flugingenieure. Amerikaner, Kanadier und Engländer. Auch ein Südafrikaner war dabei. Damit sprach ich eine Art von niederländisch. Wir verstanden uns bestens. Die Piloten hatten den Krieg beim englischen Bombercommand überlebt und waren nun zivil eingekleidet. Flogen Langstrecken. Auf DC-4, später DC-6 und 6B und Lockheed Constellations 749 und später 1049, die Super-Connies.

Die niederländischen Kolonien waren

Hauptziele der Luftverbindung. Das galt sowohl für Ost-Indien als auch für West-Indien (heute Surinam und Inseln in der Karibik). Anfangs flogen sie nur bei Tag. Die Passagiere konnten sich bei Nacht in Hotels ausruhen. Ein Langstreckenflug nach Batavia dauerte 4 Tage. Zwischenstopps in Kairo, Karachi, Singapur. Dann blieben die Bemannungen dort, wo sie gelandet waren, bis die nächste Maschine kam. Und übernahmen die für den nächsten „hop". Nicht weiter. Und waren, man glaubt es kaum, nur hin und wieder zuhause. Vielleicht einmal alle sechs Wochen. Wollten dann unbedingt mit der Frau weg. Abendessen in Amsterdam und so. Feine Sache. Denn: ich hütete die Kinder und die brachten mir ein einwandfreies Englisch bei. Ich las ihnen Geschichten vor und sie korrigierten mich in meiner Aussprache. Und ich verdiente die Schleifkosten der Schlittschuhe. Das Babysit-Geschäft lief so gut, dass ich meine ganze Familie an manchen Abenden einsetzen konnte. Auch meinen Opa, der bei uns wohnte, nachdem ein V-1 beim Absturz in Tilburg sein Haus vernichtet hatte. Ich erhöhte die Babysit-Preise suksessive mit Gefühl und wo ich konnte. Denn: meine Kunden waren zufrieden und ich auch.

Befreit von der Wehrmacht wurden wir – als letzte Provinz des NL Königreiches – am 5. Mai 1945. Die südlich gelegenen Provinzen waren bereits im September 1944 befreit worden. Die drei quer durch die Niederlande verlaufenden Flüsse, (Rhein, Waal und Maas) waren für die Alliierten ein großes Hindernis. Unser Wohnort wurde befreit von der Kanadischen Armee, welche die tägliche Verwaltung sofort abgab an eine Gruppe Männer mit blauen Overalls und einem holländischen Vorkriegshelm. Sie waren vielleicht eine Gruppe von 10 Mann.

Einige hatten sogar ein (Jagd-)Gewehr. Sie nannten sich „inländische Streitkräfte". Die Deutschen leisteten keinen Widerstand mehr; auch sie waren ausgehungert und wollten nach Hause.

Dafür forderten sie Anfang Mai alle noch verfügbaren Fahrräder, die zu 99% aus Damenrädern bestanden. Herrenräder waren schon längst geklaut. Die Damenräder wurden, vor der unfreiwilligen Übergabe, von den Besitzern in dem Gestell angesägt und danach mit Dreck beschmiert.

Die „Sollbruchstellen" hielten nur bis zum nächsten Schlagloch. Und die gab es viele. Dann bracht das Rad zusammen und der schwerbepackte Landser musste zu Fuß in seine Heimat. Ich habe Soldaten gesehen, die durch dieses „Zusammenklappen" der Räder an ihren Oberschenkeln, Unterbauch oder Hoden schwer beschädigt wurden. Sie wurden in unserem Dorf von Dr. med. van Aalst versorgt.

Unser Dorf Bennebroek hatte während der Kriegszeit einen NSDAP Bürgermeister. Der wurde von den „inländischen Streitkräften" unmittelbar verhaftet und abgeführt. Alle Mädels, die irgendeine Verbindung zur Wehrmacht gehabt hatten, wurden am Kopf kahlgeschoren und ebenfalls auf Viehwagen abgeführt. Wohin, ist nicht bekannt. Und Lebensmittel wurden nur noch gegen vorgedruckte Bons übergeben. Das war im Frühjahr 1945 noch anders gewesen; mit Zustimmung der Wehrmacht flogen Lancaster tief über der Provinz Noord-Holland und warfen Lebensmittelpakete ab. Ohne beschossen zu werden. Gespendet vom schwedischen Roten Kreuz. Mehrere Menschen sind an dem Weißbrot und echter Butter gestorben; ihre Mägen konnten „normales Essen" schon lange nicht mehr ab. Auf unserem Hausdach landete ein Paket mit Butter; ich habe noch nie in meinem Leben so viele Menschen so schnell auf's Dach klettern sehen.

1945 – 1955

Ich hatte mich in der Zwischenzeit hoffnungslos verliebt in ein sehr schönes Mädchen, Deborah. Sie fuhr mit ihrem Fahrrad - immer in langen Röcken - jeden Tag an unserem Haus vorbei, zwischen Lisse, wo sie wohnte, und ihrer Schule in Haarlem und zurück. Ihr Vater, George van der Veld, war Blumenzwiebel-Züchter und dito Händler. Ein wirklich wunderbarer Mann. Hatte immer für jeden Menschen Zeit. Ihre Mutter, eine zärtliche gebürtige Schwedin; warm und menschlich. Und so war auch ihr Haus eingerichtet. Ganz anders als bei uns zuhause. Schöner. Menschlicher. Wärmer und einladend. Alleine wegen ihm hätte ich sie gerne geheiratet. Das heißt doch etwas, oder? Ich liebe die Familie heute noch. Und denke doch noch oft an Deborah. Ich hatte schon meinen Führerschein und er ließ sich von mir des Abends nach Amsterdam chauffieren, wo er gerne auf irgendeinem „Plein", also Platz, ein Bierchen trank und Menschen beobachtete. Wir beide redeten dabei über Gott und die Welt. Er war ein sehr belesener Mann mit einem enormen Humor. Ich nenne nur ein Beispiel:

Ich suchte in meiner Sturm- und Drangperiode nach einer Möglichkeit, im Hause van der Veld „mal zu übernachten". Natürlich um bei der Tochter im Bett zu landen. So verführerisch. Eines Tages war es soweit. Nach Jahren. Es war im Hochsommer. Die Holzdiele im 1. Stock, an der die Schlafzimmer der Kinder lagen, knirschte beim Begehen. Ausgetrocknetes Holz macht immer Krach, wenn man drüber läuft. Dieses furchtbare Geräusch war im ganzen Haus hörbar. Ich probierte es aus, ob ich über die Heizungsrohre – etwa 10 cm über dem Boden an den Wänden mit Klammern verschraubt – links und rechts des Flurs zu ihrem

Zimmer kommen konnte. Mit gespreizten Beinen. Mit den Händen abgedrückt an den Wänden. Das ging!. Lautlos! Wunderbar! Ich wurde bei dem Ausprobieren da oben von niemandem beobachtet. Also: an „dem Abend " nachdem alle zu Bett gegangen waren, schlich ich aus meinem Zimmer auf dem oberen Flur und wollte im Schlafanzug mit nackten Füßen über die Rohre zu Deborah. Was hatte der Vater – zum Schutze seiner Tochter – gerade getan? Die Heizung aufgedreht. Ich konnte zwei Schritte auf den Rohren machen, bevor ich meine Füße verbrannte. Ich fluchte, innerlich, jedoch so laut, dass er es hörte. Er stand unten an der Treppe und lachte so heftig, dass sein Bauch sich minutenlang hüpfend bewegte. Sein Satz war gelungen. Es stand 1 zu 0. Eine ausgezeichnete Lektion, ich habe es dort nie wieder probiert. Aber wir haben später viel darüber gelacht.

Bevor ich im November zum Militär musste, habe ich – alleine für ihn, meinen zukünftiger Schwiegervater – eine Geschäftsreise nach Schweden gemacht und mit seinem Citroen Traction Avant. Wo die Türen noch nach vorne aufgingen. Mit dem Schalthebel im Armaturenbrett. Die Reise bis oben an die Ostsee – Umeo, Luleo – oben an den Bottnischen Meerbusen und zurück nach Lisse vollbracht. Viele Aufträge für Blumenzwiebeln eingeholt.

Dieser Nord-Teil der Ostsee ist etwa 4 Monate pro Jahr zugefroren, weil ausschließlich süßes Wasser von Flüssen wie da oben die Pregel, Memel, Düna, Narva, Newa via Санкт-Петербург, (Sankt Petersburg) aus Russland, die Torne Alv, die Luleo Alv und der Motala Ström in den See geleitet wird. In Schweden wurde zu der Zeit noch links gefahren; trotz der Tatsache, dass alle PKW damals das Lenkrad auch links hatten. Überholen konnte man also nicht. Erst recht nicht, wenn man keinen Beifahrer hatte. Wie ich.

Schweden war schon immer ein Land, wo von allen Einheimischen sehr vorsichtig gefahren wurde. Wo ein Mensch damals schon unersetzlich war und mit großem Respekt behandelt wurde. Auch im Verkehr. Nur vor überquerenden Elchen hatte man Angst im Verkehr. Weil die so hoch auf den Beine standen; bei einem Zusammenprall kam der Elchkörper direkt durch die Windscheibe; meistens mit tödlichem Ablauf. Für beide.

Obwohl es dort innerhalb des Polarkreises nur 2 Monate „Sommer" gibt wurden viele Blumenzwiebeln verkauft und in Gewächshäusern großgezogen. Die Schweden liebten farbenfrohe Tulpen und Narzissen. Leider ist die Verbindung zu Deborah während meiner Militärzeit zu Ende gegangen; ich war auf einem im „hohen alert Stadium" getrimmten Fliegerhorst tätig und hatte fast kein Wochenende frei. Sie war – als eine ihrer letzten offiziellen Taten – präsent auf dem Fliegerhorst Eindhoven, wo ich vereidigt wurde und den Eid als Offizier abgelegt habe. Sie hat – später – einen Blumenzwiebel-Händler (who else?) aus ihrer Region geheiratet. Und mit ihm Kinder bekommen.

Ihr, mir unbekannter, Mann ist auf einer Geschäftsreise – Ende der 1980er Jahre – in New York einem Herzstillstand erlegen.

So las ich die Annonce in einer NL Zeitung, de Telegraaf, damals in Antwerpen, wo ich wohnte. Ich habe ihr eine Mitleidsbekundung geschrieben, jedoch nie wieder etwas von ihr gehört. Schade.

Ich würde sie gerne wiedersehen.

1955 – 1965

Ich bin beim Militär ausgebildet worden als
„Intelligence Officer" bei der Koninklijke
Luchtmacht (königliche Luftwaffe) und
wurde dem Intelligence Stab der 1.
Taktischen Niederländischen Fliegerstaffel
im 2nd ATAF (allied tactical air force;
damals bestehend aus Dänemark,
Niederlande, Belgien und Great Britain)
auf dem Fliegerhorst Volkel in der Provinz
Noord-Brabant zugefügt. Ab da waren wir
für diese wichtige Abteilung 3 Mann stark.
Die ersten sechs Militär-Monate
bestanden aus einer Infanterie-
Ausbildung, die jeder Soldat bekam. Ich
war einquartiert in einer Kaserne in Breda.
Schießen lernte ich mit einem Lee-Enfield
Gewehr. Ein britisches Produkt aus 1902.
Es wog 4 kg. Und man hatte 8 Patronen
im Magazin. Und hunderte von
Kubikmeter Erde habe ich bewegt, um
Schützengräben mühsam zu erstellen.

Und abends wieder zuzuschütten. Absolut sinnlos. Wir – eine junge, wilde Truppe von noch zu bildenden Soldaten – wurden als Kompagnie von einem Leutnant zu einer Heide südlich von Breda durch die Stadt abgeführt, wo dies alles stattfand. Wir sangen dabei. Von Mienchen, einem blonden Mädchen mit einem Herzen aus Stacheldraht. Die Stadt Breda war in Oktober 1944 von polnischen Panzern unter General Maczek von der Wehrmacht befreit worden; einige abgeschossene und mittlerweile angerostete Sherman Exemplare standen damals noch in dieser Heide. Als Kriegsdenkmäler. Mir fielen die Durchschlagslöcher von rund ca. 10 cm an den Panzerseiten und -türmen auf. Panzerfäuste.

Die urplötzlich das schnelle, aber grauenhafte Ende von 4 Polen bedeutet hatten.

Um unsere operativen Geschwader 311 und 312 zu den taktischen Zielen, überwiegend in der DDR, aber auch in Polen führen zu können, bedarf es elementarer also grundsätzlicher Kenntnisse der Düsenfliegerei. Man muss sich immer „in die Lage des Piloten" versetzen können, wenn man ihn in schwerbewaffnetes, feindliches Gebiet des Warschauer Paktes schickt. Erst recht bei Nacht. Auch darin wurde ich ausgebildet. Auf dem T-33. T-Bird. Jedoch nur über die Strecke bis zum „eisernen Vorhang". Was danach kam, war für uns in der Intelligence Abteilung eine Aufgabe, die wir gemeinsam zu lösen hatten. Und mit Erfolg; bitte. Denn davon könnte ein 3. Weltkrieg abhängen. Wir waren jedoch stets, Dank der CIA, bestens vorbereitet.

Zu der Zeit flogen insgesamt etwa 20 Lockheed U-2 Flugzeuge der CIA täglich über Gebiete des Warschauer Paktes und fotografierten alles, was für einen atomaren Gegenschlag der NATO wichtig sein könnte. Um nur einige Beispiele zu nennen: Brücken, Eisenbahnen, Kraftwerke, Fernsehtürme, Schiffswerften, Kasernen, Raffinerien, Befehlszentren, Häfen, Flughäfen, Gruben, primäre

Industrien wie Kugellagerhersteller, Motorenwerke, Luftabwehr, Raketenstartplätze.

Die U-2 flogen von Bodö in Norwegen bis Peshawar am Khyber Pass. Von Aalborg (DK) nach Lahore (Pakistan). Und von Wiesbaden nach Incirlik in der Südost-Türkei. Unsere Jagdflieger in 311 und 312 waren extrem gut durchtrainiert in den Anflugrouten von Volkel AFB bis zum Eisernen Vorhang; alles lief über den Dümmer See und die Zuckerfabrik in Celle. Danach gingen die Routen auseinander. Gerade was danach kam, war (auch) meine Verantwortung. Wir suchten, anhand der aktuellen CIA Luftbilder die Flugrouten, wo am wenigsten Boden-Luftraketen, sogenannte SAM's (surface to air missiles), durchweg mobile Luftabwehr russischer Herkunft, aufgestellt und feindliche Flugplätze waren. So dieselbe nicht zu unseren taktischen Zielen gehörten. In der DDR fing die Luftfahrtabteilung der NVA erst spät an mit dem Mig-15 als Abfang-Jäger. Der hatte im Korea Krieg seine

Überlegenheit gegenüber USA-Produkten bewiesen. Bereits zwei Jahre davor waren schon die Tschechen und Polen von der Soviet-Regierung beliefert worden mit Düsenflugzeugen.

Es war ein Misstrauensvotum vom Kreml gegen die DDR. Man hatte gerade eine Dekade lang gegen sie gekämpft. Und wollte die nur sehr ungerne aufrüsten. Aber Микоян и Гуревич , Mikojan und Gurewitsch entwickelten dieses MIG-15 Flugzeug weiter; MIG 17, 19 und ein Jahr später MIG 21. Die waren schneller, konnten höher fliegen und wurden als Mehrzweck-Flieger ausgestattet. Also: sowohl Luftverteidigung als auch taktische Aufgaben zur Unterstützung der Bodentruppen ausführen könnend. Schneller bedeutete z.B. auch längere Start- und Landebahnen. An den von den U-2 mitgebrachten Bildern konnten wir – an der Länge der Startbahnen – sehen, welcher von Ostdeutschen oder Polen geflogener Flugzeugtyp auf dem feindlichen Fliegerhorst ansässig war. Die

Migs selbst sah man auf Luftaufnahmen nur selten, die standen in überdeckten Bunkern. Auch diese Bunker habe ich nach der Wende besucht. Beschissene Qualität; in allem. Beton; Absperrung, Türen; Startwagen; eine Nato 250 kg Bombe hätte den ganzen Bunker im ersten Anflug mehr als total zerstört. Wussten wir aber damals nicht.

Es gab zu der Zeit für die Nato im Westen gute Angebote an Düsenjägern aus Schweden (SAAB), Italien (Fiat) und Frankreich (Dassault). Auch England baute respektable Maschinen. Unsere Flugzeuge waren nur deshalb „made in USA" weil sie die B-61 Bombe am rechten Pylon unter der Tragfläche, unweit des Rumpfes tragen mussten. Keine anderen Flugzeuge hatten diese Vorrichtung und die benötigte Elektronik dazu. (Auch heute noch nicht, außer der Tornado. Deshalb schlägt Kamp-Karrenbauer ein amerikanisches Flugzeug für taktische Zwecke von u.a. Flugplatz Büchel in der Eifel vor. Die Luftverteidigung der BRD wird vom Eurofighter versorgt).

Die Bombe konnte – von der amerikanischen Spezialeinheit – je nach Angriffsziel variabel mit einer geringen bis zu einer extrem hohen Sprengkraft (40 x Hiroshima) versehen werden. Am linken Pylon war – je nach zu fliegender Distanz – ein Abwurf-Zusatztank mit 1000, 2000 oder 4000 lbs. Treibstoff JP4 angebracht. Die Ungleichheit im Gewicht unter der Maschine war schlecht zu tarieren; die Trimmflächen waren zu klein, um ein neutrales Verhalten im Flug zu bewirken; es kostete ziemlich viel und über 3 Stunden Muskelkraft, den F-84-F im Flug horizontal zu halten. Für die meisten Entfernungen (bis Memel) reichte jedoch der Sprit hin und zurück nicht. Die mussten dann, ohne Bombe und falls nicht abgeschossen, auf Bornholm (DK) oder Gotland (SWE) landen, um JP4 aufzutanken. Wenn das nicht gelang, war der Absprung über die Ostsee, möglichst aber über Land, die Rettung.

Es wurde mit den Nuklearwaffen „over the

shoulder" bombardiert im Falle eines Angriffs. Dass bedeutete, dass unsere Maschinen (F-84-F's) vor dem Ziel zwischen 60 und 100 Fuß Höhe über dem Gelände, die letzten 10.000 yards (also 38 Sekunden Flugzeit bei 100% power) zum Ziel eben und geradlinig fliegen mussten. Dann übernahm ein computerähnliches Gerät im Cockpit die Steuerung der Maschine und zog das Flugzeug hoch nach 6000 Fuß mit dem Bauch zum Ziel, wobei die B-61 Bombe auf dem Gipfel dieses Vertikalflugs gelöst wurde und mit einem Bogen vom Flugzeug weg ins Ziel flog. Dabei ab etwa 3.000 Fuß Höhe am Fallschirm weiter herunterschwebte, um überirdisch die Detonation mit größter Wirkung zu bewirken. Der Pilot übernahm nach Abwurf wieder seinen Knüppel und machte einen „split-S" in Richtung West, um wieder „on the deck" zu gehen; um der „Bombblast Druckwelle" und der Nuklear-Strahlung zu entfliehen.

Diese ultra-geheimen, fast täglichen Informationsströmen vieler Ziele im Gebiet des Warschauer Paktes der U-2

Flugzeuge, die wir in verschlüsselter Form bekamen, dauerten für uns an bis zum 1. Mai 1960, wo Garry Powers' U-2 über Swerdlovsk CCCP auf einer Höhe von > 80.000 Fuß abgeschossen wurde, von einer russischen Boden-Luftrakete. Man hatte – jahrelang – blöde Kondenz-Streifen am Himmel gesehen, jedoch die Reichweite ihrer Raketen war zu gering. Nun hatte die UdSSR es nach zahllosen Versuchen dann endlich geschafft.

Nazdorowje! Powers landete mit Fallschirm, große Teile der U-2 fielen unbeschädigt in russischen Hände (u.a. die Kameras in der Nase der Maschine, die bei Old Dutch in Delft/NL hergestellt waren) und Chrustjov beschwerte sich lautstark in Washington. Powers wurde nach 3 Jahren an der Glienitzer Brücke in Berlin „getauscht" gegen den Spion Markus Wulf aus Güstrow. Danach weiß ich es nicht mehr, denn da hatte ich den Militärdienst schon verlassen.
Die B 61 Bomben haben wir – die gesamte niederländische Mannschaft auf

dem Fliegerhorst – nie zu Gesicht bekommen. Ich kenne sie nur von Bildern. Unsere Piloten übten mit metallischen 1 zu 1 Nachahmungen ohne Sprengstoff. Die 24 Stück, die auf Volkel unterirdisch gelagert waren, lagen in einem amerikanischen Bunker am Rande unseres Fliegerhorstes, der von den Amis strengstens bewacht wurde. Wenn wir mal dem Bunker zu nahe kamen, wurde sofort scharf geschossen. Die Yankees mussten sich nie für irgendeinen Schuss rechtfertigen.

Während meiner Militärdienstzeit hatte die niederländische Regierung Gesetze beschlossen, den Heimkehrern aus den verlorenen Kolonien (Niederländisch Ost Indien, heute Indonesia) vorrangig zu Jobs in den Niederlanden zu verhelfen. Weil diese Menschen Familien hatten. Und dies waren Hunderttausende. Auch indische Menschen, die nicht unter Sukarno leben wollten, wurden aufgenommen und bekamen einen niederländischen Pass. Auch die kamen vorrangig an einen Job. Wir Unverheirateten mussten „warten, bis das Geschäftsleben uns brauchte". Ich habe also sehr viele Bewerbungsschreiben verschicken müssen, bevor ich einen Job fand. Es hat aber weniger als 3 Monate gedauert.

1960

Meine ersten Berufsschritte habe ich in einem Handelsunternehmen Stokvis in Breda gemacht. Da sollte ich als Handelsvertreter ausgebildet werden und hatte eine Probezeit von 6 Monaten. Ich verdiente so viel, dass nach Abzug von Reisekosten im Monat NLG. 10,00 (DM 8,50) übrig blieben für einen Blumenstrauß für meine Mutter, da ich noch zuhause wohnte. Mehr war nicht drin. Ich wurde insofern von der Firma während der Ausbildung missbraucht, als dass ich während der ersten Monaten nur im Lager arbeiten musste und Staubsauger in andere Verpackungen umpacken durfte. Das war mir zuwider und ich habe nach knapp 2 Monaten gekündigt. Sehr zum Ungenügen meines Vaters. Der Teil meiner täglichen Reise Tilburg – Breda war mit der Bahn. Davor benutzte ich ein Fahrrad und den Bus;

danach das Fahrrad meines Bruders, welches in Breda geparkt war. Auf der Heimfahrt in der Bahn fand man immer wieder Zeitungen vor, die andere Menschen zurückgelassen hatten. In so einer Zeitung fand ich ein Inserat. Eine Straßen- und Tiefbaufirma in Drunen (wo ich bei meinen Eltern wohnte) suchte einen Außendienstler, der die Bekanntheit der Firma bei den lokalen und provinzialen Behörden verbreiten sollte. Ich habe den Job bekommen. Ich durfte keine Reiseberichte schreiben. Ich sollte – jeden Abend – mündlich Berichterstattung abliefern beim Eigentümer dieser Firma in seiner Privatwohnung. Jeden Abend 18 Uhr, ich habe es gemacht. Ungerne. Weil die Fragenstellung seitens der Direktion immer eindringlicher wurde. Und die Vorwürfe ebenso. Also: nach Monaten hing es dermaßen meinem Hals heraus, dass ich gekündigt habe.

Bei meinen abendlichen Besuchen bei dem Eigentümer jedoch wurde die

Haustüre meistens geöffnet von einer jungen Dame. Die wurde, später in 1962, meine Frau. Warum? Weiß ich immer noch nicht ... . Ich vermute, dass meine Hormone damals verrückt geworden sind.

Zurück zum Bewerbungen Schreiben! Die Firma LIPS N.V. suchte für die internationale Vertreibung von ihren Produkten junge Menschen. Die Firma, klein angefangen im Hafen von s-Hertogenbosch mit der Produktion von Schiffsschrauben für Binnenfahrtschiffe, war „aufs Land gezogen", weil hier bedeutend mehr (und billiger) Platz war als in der Stadt und viele Arbeitskräfte (Bauernsöhne) preiswert zur Verfügung standen. Nur der älteste Sohn erbte hier den Bauernhof; alle andere mussten sehen, wie sie glücklich wurden. Mädels gingen ins Kloster.
Internationaler Vertrieb. So stand es in unserer Tageszeitung, und ich schrieb an den Personalchef, Herrn van der Loo, einen netten, mehr persönlichen – also keinen typischen – Bewerbungsbrief.

Wurde zu einem Gespräch eingeladen und bekam einen Job als Junior-Trainee in dieser Firma, die – im Privatbesitz eines Herrn Max Lips – Schiffsschrauben und Schiffswellen-Bekleidungen aus Bronze produzierte. In der Abteilung „Zentrifugalgießerei". Ich wurde in der Produktion der Schiffswellen-Bekleidungen ausgebildet von Daan Cadzand, um adaequat auf später folgenden Fragen von Einkäufern richtig antworten zu können. Diese Werksausbildung war wohl eine sehr gefährliche Zeit in meinem Leben.

Das bronzene Rohr für die spätere Schiffswellenbekleidung wurde aus Restbeständen von in Essen gekauften Kanonenläufen von den größten Wehrmachtsgeschützen, dem „schweren Gustav" gegossen.
Die 80-cm-Kanone war ein schweres „Sondergeschütz" der Wehrmacht im Zweiten Weltkrieg. Hergestellt wurde es von den Krupp-Werken unter dem Namen Schwerer Gustav. Es handelte

sich um das weltweit größte und aufwändigste mobile Geschütz, das jemals im Einsatz war.

Die nach dem Krieg von Lips aufgekauften Kanonenrohre des Schweren Gustav wurden in der Produktionshalle meines neuen Arbeitgebers innerlich mit Schamotte bis zu dem Außendurchmesser des zu gießenden Rohres ausgekleidet, dessen Masse anschließend 48 Stunden trocknen sollte. Die so vorbereitete „Coquille" wurde horizontal auf angetriebene Rollen gelegt und – mit einer bestimmten Drehzahl drehend – mit einer Kupfer-Nickel-Aluminium-Legierung mit 1800 °C eingegossen. Und lief dann – zentrifugal geschleudert – 24 Stunden, bis das Metall mit der gewünschten Wandstärke erhärtet war. Wenn die Drehzahl zu niedrig war, lief flüssiges Material durch die Halle. Wenn der Schamotte-Mantel nicht einheitlich verdichtet war, brannte das Material durch die Bekleidung und manchmal auch durch den Kanonenlauf. Dann war die Feuerwehr dran. Gelang aber der Guss: (was in 90% der Fälle der Fall war), wurde dieses Bronzerohr in ausgehärtetem Zustand herausgezogen und auf Dreh- und Fräsbänken bearbeitet und von Innen wirklich feinst maschinell nachgeschliffen. Es hatte dann einen Innendurchmesser, der 1 mm kleiner war als die stählerne Schiffswelle, auf die sie geschrumpft werden sollte. Es war tolle Präzisionsarbeit!

Die Antriebswelle eines Schiffes aus geschmiedetem Stahl vom Motor bis zur Schraube verweilt zum Teil außerhalb des Schiffes und würde von Meereswasser sofort angegriffen werden. Daher diese bronzene „Bekleidung", die – nach Erwärmen auf etwa 100 Grad Celcius – auf der Welle geschrumpft wurde, indem man einfach die Welle in den warmen Mantel hineinschob und abkühlen ließ. Wir konnten bis 600 mm Schiffswellen-Außendurchmesser und 8.000 mm Länge liefern und dies reichte völlig, um meinen späteren Schiffswerft-

Kunden in Nordfrankreich, Belgien und der Niederlande beliefern zu können. Die Marktforschungsabteilung entdeckte einen zusätzlichen Markt: Papiermaschinen. So wurden Valmet OY in Rovaniemi am Polarkreis (Wohnort des finnischen Weihnachtsmannes; er bekommt mehr als eine Million Briefe pro Jahr!) und das liebliche Jyväskylä (nördlich von Helsinki bei Lathi) meine Kunden für Kalanderwalzen, die, mit Gummi umkleidet – und von Valmet mit einer Million Löchern versehen, um die gehäckselte und in Wasser getränkte Holzmasse über Vakuum dem Wasser zu entziehen – in bis zu 200 Meter lange Papiermaschinen eingebaut wurden. Vorne gingen die gehäckselten Fichten herein; hinten kam getrocknetes Zeitungspapier auf riesigen Rollen heraus.

Schwerste Konkurrenz bekam Lips von den Osnabrücker Kupfer- und Drahtwerken, die sich – technisch anders (moderner) – auf dieses Marktsegment eingeschossen hatten. Nach 2 Jahren dort erfolgreich beschäftigt gewesen zu sein, wurde die Zentrifugalgießerei geschlossen und Herr Lips bot mir persönlich an, für seine Abteilung „Nichteisen-Metallhalbzeuge" in Süddeutschland tätig zu werden. Die Marktuntersuchungen im Haus hatten ergeben, dass dort sehr viel Messing in der Uhrenindustrie verarbeitet wurde. Und so wurde ich im Januar 1962 von Herrn Max Lips seiner Nonferro Metall GmbH in 402 Mettmann / Rhld. angeboten, als Vertreter für Baden-Württemberg. Auch hier bekam ich eine gute Ausbildung mit sehr viel Material- und Anwendungskenntnissen von Herrn Pelders und wurde von meinem neuen Chef, Herrn Reitsma, persönlich nach Freudenstadt gefahren. Damals eine 2-Tagesreise; es gab nur teilweise Autobahnstrecken.

Ich bestellte bei Autohaus Köhler vor Ort einen VW 1500, bezahlte aus der Firmenkasse DM 6.800,00 und musste 3

Wochen auf mein neues Fahrzeug warten. Und fand ein Bett in der Pension Madeleine, in der Lauterbachstraße, wo ich mit niemandem einen persönlichen Kontakt aufbauen konnte. Die Lieferzeitwochen vor meinem VW (FDS-T-529) musste ich zwangsläufig mit der Bahn reisen und meine ersten Kunden suchen. Wer weiß, wie die Deutsche Bahn im Schwabenländle fährt, (uff de schwäbsche Eisebahne ...) kann sich eine Vorstellung davon machen, wie „effektiv" ich unterwegs war. Gar nicht! Scheibenkleister!

Der Anfang dort war, in Punkto Grammatik, eine grausame Zeit. Ich hatte zwar Deutsch gelernt auf dem Gymnasium und eine redliche Examennote bekommen, aber was die Leute hier im Ländle sprachen, war Chinesisch für mich. Schwäbisch bis Allemännisch gegen die schweizer Grenze in der Region Singen am Hohentwiel. Man hörte natürlich sofort (heute noch), dass meine Muttersprache

Niederländisch ist, aber dies war sehr oft für mich auch ein dickes Plus; ich parkte mein Auto mit FDS Kennzeichen so weit weg, dass die zu Besuchenden – vor allem der Pförtner, der zu später Stunde seinen (Einkaufs-)Chef noch anrufen musste – es nicht sahen. Ich kam offensichtlich aus den Niederlanden angereist und bekam oft nach 17:00 Uhr noch einen Zutritt zum Einkäufer oder Direktor.

Dies war zu der Zeit extrem interessant; man kannte es, auch in den größeren Betrieben (noch) nicht, von Ausländern besucht zu werden. Ich war ein Exot. Einen deutschen Vertreter hätte man bestimmt zu dieser Tageszeit absolut nicht mehr hereingelassen. Jedoch – nach und nach – lernte ich „schwäbeln". Wurde – als Junggeselle – bei Kunden übers Wochenende privat eingeladen, feierte mit denen Fasching. In Orten wie Triberg und Vöhrenbach, Villingen und Donaueschingen.

Man sagte mir später, durch die Art wie ich auf Menschen zugehe, ergab sich eine Art von freiwilligem Zwang für diese Menschen, gerne mit mir persönlich befreundet zu sein. Nicht mit allen; aber mit vielen. Dies hat mich unwiderruflich in die vorderen Reihen der Lieferanten gebracht; ich bekam Aufträge. Die Firmen Kreidler (Stuttgart) und Wieland (Ulm) hatten sich das Gebiet „aufgeteilt" und wahrscheinlich Preisabsprachen gemacht. Trotz Frachtweg von nahezu 800 km war ich konkurrenzfähig. Nach 3 Jahren hatte ich in meinem Revier, überwiegend Hochschwarzwald (Uhren) und Großraum Stuttgart (Sanitär), einen Umsatz von 8 Millionen DM und mein direkter Chef in Mettmann war mehr als zufrieden. Wenn man Messing verarbeitet, fallen Späne an. Die holten wir bei unseren Kunden zurück. Die wurden in Drunen umgeschmolzen. Auch größere Götter des Stammhauses waren oft bei mir In Freudenstadt zu Besuch, fuhren mit mir einen Tag in die Kundschaft und stellten mich gerne beispielhaft dar bei Verkaufs-versammlungen in Holland; was ich übrigens furchtbar hasste.

Die „Anderen" im Verkauf bei Lips, wie z.B. Herr Vasseur, seit Generationen Niederländer aus einer sympathischen Hugenottenfamilie, oder der Playboy Herr Candel, verkauften jede Woche irgendwo auf der Welt, meistens in Asien, an irgendeine Werft eine Schiffsschraube im Wert von bis zu 10 Millionen NLG.

Was soll es, also?

Ich fuhr im Schnitt alle 8 bis 10 Wochen zu meinen Eltern in Drunen. Fahrzeit: 10 Stunden im Sommer. Bei Schnee: mehr. Jedoch immer an einem Stück. Und verband diese Heimreise mit einem Werksbesuch bei LIPS am nächsten Montag in den Produktionshallen bei Herrn Pelders, um Antworten auf technische Problemen bei meinen Abnehmern zu finden.

Nach einem (anfangs für mich wegen der Sprache) mühevollen Tag entspannte ich mich des Abends in der „Dockenstube". Ein Restaurant direkt am Marktplatz, wo herrlich süddeutsch gekocht wurde. Vati

Michael Armstorfer stand in der Küche, seine Frau Aline war die Meisterin im Restaurant und beide Töchter bedienten. Dorle und Mecki. Weil ich als Stammgast betrachtet wurde, kam hin und wieder auch ein nettes Gespräch zustande. Man bot mir sogar ein frisch gezapftes Fürstenberg-Bräu an. Und so passierte es, dass ich in Madeleine kündigte und bei Armstorfers ein Zimmer bekam. Für's gleiche Geld. Nun hatte ich Ansprache im Überfluss. Ich wurde des Abends Küchenhilfe bei Vati (habe als „Salaterin" angefangen und später Spätzle vom Brett geschabt) und war am Wochenende Platzanweiser im Restaurant bei den vielen (vor allem französischen) Gästen, die das nach 1944 neu aufgebaute Freudenstadt besuchten. Die Armstorfers sprachen nur ihre eigene Sprache und sonst nichts. Also half ich aus in Französisch, Englisch und Niederländisch. Dies kam gut an und erhöhte den Umsatz sichtbar.

Die Dockenstube (Docke ist auf

Schwäbisch eine Puppe) hatte nur Tische zu 4 Personen. Dies war unklug, weil man zu wenig Leute plazieren konnte; die kamen überwiegend zu zweit. Also wurden kleinere Tische bei der Brauerei bestellt und im Lokal aufgestellt. Der Umsatz an Sonntagen ging mit 80% in die Höhe. Das Restaurant war danach zu Essenszeiten immer voll und die Familie konnte von dem Umsatz mehr als ordentlich leben. Fürstenberg Pilsener vom Fass und der Badische Hex vom Dasenstein als roter Hauswein. Klasse. Ich habe dort gut und gerne gewohnt, bis ich heiratete. Und hatte so viel Respekt für Vati Michael, dass ich später, auch meinem Sohn Patrick den Namen Michael mitgegeben habe. Er heißt Patrick, Theo, Michael.

Meine Verlobte (Blödmann; warum habe ich mich verlobt?) wurde von ihrem Vater zur Familie in Shreveport / Louisiana geschickt. Zu einen jüngeren Bruder ihrer Mutter, der im 2. Weltkrieg am Tage abgeschossene Amerikaner (die

Engländer flogen bei Nacht) in der Nacht nach Belgien gebracht hat, um – um die Wehrmacht herum – von der französischen Résistence (le maquis) weiter begleitet zu werden über die Pyrenäen nach Spanien. Von wo aus sie zurück nach England flogen. Er, Leo, wurde von diesen Überlebenden nach dem Krieg im Herbst 1945 als Dank für die Lebensrettung damit geehrt, dass sie für ihn eine Autowerkstatt in Shreveport gekauft hatten, wo er gerne hinzog in 1946 mit seiner Verlobten. Er war von Anfang an dort sehr erfolgreich, lernte jeden Tag mehr den „southern slang" in der amerikanischen Sprache und reparierte vorzugsweise automatische Getriebe in US-Autos. 3 und 4 stufig. Mein künftiger Schwiegervater lebte wahrscheinlich in der Hoffnung, dass seine Tochter dort einen besseren Kerl finden würde. Sie blieb ein halbes Jahr bei Onkel Leo. Ich habe zu diesen Menschen in Shreveport mehrere 8mm Farbfilme von der tiefbeschneiten Schwarzwaldhochstraße geschickt.

Selbst aufgenommen mit meiner Kamera an arbeitsfreien Samstagen. Auf der schönsten Strecke dieser Schwarzwaldhochstraße „von Knie bis Freudenstadt". Vielleicht haben diese Leckerbissen sie doch überzeugt. Geheiratet habe ich sie in 1962 und meine älteste Tochter, Caren Ann, ist am 13.10.1963 in Freudenstadt geboren. Ich bin zu meinem deutschen Führerschein gelangt, weil ich abends kurz vor 20:00 Uhr in Freudenstadt durch eine rote Ampel fuhr. Es schneite wie verrückt (790 m Höhe) und ich kam vom Postamt, wo ich meine mit einer Remington-Koffermaschine geschriebenen Reiseberichte von dem Tag eingesteckt hatte. Da stand zufällig ein halb erfrorener Schutzmann auf dem Bürgersteig neben der Ampel, der meinen Führerschein sehen wolle. Ich hatte nur einen niederländischen. Dies war das allererste und bis heute letzte Mal, dass ich – während der mehr als 5 Millionen Kilometern, die ich in meinem Leben mit einem PKW gefahren bin – je danach gefragt wurde. Er nahm ihn ein, weil ich schon länger als 6 Monate danach in der BRD gefahren war, und das war unzulässig. Ich musste in einer Fahrschule nur eine theoretische Prüfung ablegen, mit Mund-auf-Mund Beatmung usw.. Ihr kennt das aus dem FF. In der Zwischenzeit (wahrscheinlich war ich ca. 8 Wochen ohne Führerschein) fuhr meine damals mit Caren schwangerer Frau mich zu den Kunden.

Ich wohnte in der Falkenstraße Nr. 16. Ein kleines, aber feines Hochhaus, neu errichtet, wobei ich einen Erstbezug auf der obersten Etage hatte. Eine Penthouse Wohnung (das Wort kannte man damals noch nicht). Der Balkon an 3 Seiten war wesentlich größer als die Wohnung selbst. Die Maschinenkammer des Aufzuges war ein Teil unserer Wohnung; sie machte wenig Krach. Bei der Stadtverwaltung konnte man mir nicht zu einer Wohnung verhelfen; ich musste als nicht-Freudenstädter im „freien Sektor" etwas suchen. Ich sprach mit dem Eigentümer dieser Wohnung, Herrn

Neff aus Stuttgart und mietete diese Wohnung für DM 250 im Monat, kalt. Ich verdiente damals DM 600 brutto und wir mussten wirklich jeden Pfennig umdrehen. Etwas, was meine Frau von zuhause aus nicht gewohnt war und deshalb auch nicht konnte. Wie so vieles „Andere" auch nicht. Sie wollte kein Deutsch sprechen. Obwohl sie in 1939 geboren war, in der Schule die Sprache gelernt und im Krieg nichts Negatives während der Besatzung erlebt hatte. Um Dialoge mit Deutschen zu vermeiden, kaufte sie in einem sehr teuren Supermarkt in der Stuttgarter Straße ein; da wurde sie nicht von jemandem „beschwätzt", musste nichts fragen und brauchte nur auf das Display der Kasse zu schauen, um zu wissen, was sie zu bezahlen hatte. So ging das wenige Geld, das da war, schnell weg.

Meine Älteste, Caren-Ann, wurde am Sonntag den 13. Oktober 1963 in einem Freudenstädter Spital geboren und lag in einer Puppenwiege neben dem Bett meiner Frau, wo ich sie zum ersten Male sah. Ein sehr schönes Kind, worauf der Vater bärenstolz war. Obwohl wir einen supergroßen Balkon rund um unsere Wohnung hatten, konnte Caren in dem ersten halben Jahr nach ihrer Geburt leider nicht an die frische Luft; die Jahreszeit war zu kalt. Die Geburten der nach Caren folgenden Kinder haben wir also „anders" geplant. Die wurden in März und Februar geboren. Und konnten mit dem Kinderwagen sofort an die frische Luft.

1965 — 1975

Kurz bevor mein Sohn Patrick geboren wurde (2.3.1965), wurde ich von der Nonferro GmbH versetzt ins Sauerland. Dieses Gebiet wurde der Schwerpunkt unseres Absatzes. Neue Kunden in Lüdenscheid, Werdohl, Plettenberg, Iserlohn, Attendorn. Ein Messingmarkt, der viele Male größer war als im vertrauten Baden-Württemberg und Umgebung. Andere Artikel wurden daraus produziert, aber aus dem gleichen Messing. An meiner Stelle kamen zwei neue Niederländer nach Baden-Württemberg, und mein Gebiet wurde unter ihnen aufgeteilt. Ich habe beide Herren noch knapp 14 Tage vor Ort begleitet. Wir fanden eine Wohnung in Monheim am Rhein. Eine geräumige 3-Zimmer-Wohnung über einer Bäckerei. Im 1. Stock. Es roch schon frühmorgens nach frischen Brötchen! Mein Sohn wurde in Düsseldorf-Benrath geboren, am Rosenmontag 1965. Da ich kein Taxi bekommen konnte, habe ich meine Frau selbst zum Krankenhaus gefahren. Sturzbesoffen, denn wir hatten mit unseren Nachbarn gerade den Faschingsumzug, der an unserem Haus vorbeikam, aus dem 1. Stock begutachtet und dabei nahezu zu zweit einen Kasten Bier getrunken. Als ich meine Frau einlieferte, sagte die Schwester am Empfang (die meine Fahne roch), dass die Geburt mindestens noch einen Tag dauern würde und dass ich zuhause in aller Ruhe meinen Rausch ausschlafen sollte.

Auf dem Heimweg wurde ich von der Polizei gestoppt. Klar, wenn Karneval. Ich erzählte, dass ich meine Frau zur Entbindung eingeliefert hatte. Sie nahmen meine Papiere mit und telefonierten aus ihrem Auto mit dem Krankenhaus. Nach kurzer Zeit kamen beide Polizisten zu mir zurück. Strahlend. Und gratulierten mir zu der Geburt eines gesunden Sohnes. Sie gaben mir meine Papiere zurück. Einer setzte sich in mein Auto. Der andere lud mich ins Polizeiauto ein und mit zwei PKW fuhren wir zurück zur Mittelstraße in Monheim, wo mein Auto auf dem neu asphaltierten Damm abgestellt wurde und man mir noch einen schönen Rest-Rosenmontag wünschte. Dein Freund und Helfer!!

Auch in Monheim fühlte sich meine Gattin nicht wohl. Während unserer Hochzeitreise nach Venedig hatte sie mir zur Bedingung gemacht, dass unsere eventuellen Kinder auf eine niederländische Schule gehen sollten. Dem habe ich damals zugesagt. Ich dachte dabei an ein Internat oder so. Jetzt, nach der Geburt des Sohnes, fing sie wieder damit an. Als sie schwanger wurde mit dem 3. Kind, habe ich Wohngelegenheiten an der deutsch-niederländischen Grenze gesucht. Jedoch nichts „Passendes" gefunden. Ich wollte unbedingt bei Nonferro weitermachen; es gefiel mir gut; ich hatte Erfolg und mein

Gehalt war nicht schlecht. Darüber hinaus war mein Chef – Albert Reitsma – ein großes Vorbild für mich. In den Abendstunden verblieb mein Chef über die Woche in einem ganz kleinen Hotel, „Gut Höhne". An der Straße zwischen der Autobahnausfahrt und Mettmann. Rechts. Ein Herr mit Vornamen Paul war der Besitzer und kochte abends sehr gut. Ich habe mit meinem Chef so manchen Abend bei einem kleinen Happen über meine familiären Probleme gesprochen. Das Ergebnis war, dass wenige Wochen später unser Generaldirektor Max Lips mit Chauffeur in Mettmann auftauchte und eine Stunde lang mit mir in den Räumlichkeiten der Nonferro GmbH sprach. Er bot mir den Job meines Vorgesetzen, Albert Reitsma, in Frankreich an. Auch dort sollte ein Verkaufskontor für Nichteisen-Metallhalbzeuge errichtet werden. Südlich von Paris.

Habe diesen Vorschlag mit meiner Frau besprochen. Wollte sie (auch) nicht. Als sich die Geburt meiner jüngsten Tochter sich anbahnte, sind wir in die Niederlanden umgezogen. Meine Schwiegermutter war sehr krank, lag in einem Spital in Den Bosch und würde in den nächsten Wochen sterben. Sie hat Tochter Susanne noch in ihren dünnen Armen gehabt, bevor sie endgültig ins Jenseits wechselte. Sie hatte Knochenkrebs.

Der Schwiegervater stellte ein Haus direkt neben seinem Geschäftsgebäude zur Verfügung. Er wollte seine Tochter als „täglichen Anlaufpunkt und Gesprächspartnerin" nach dem Tode seiner Frau. Ich wohnte über die Woche im Wasserburg Haus Düssel, beim Besitzer Wilhelm Heine in Wülfrath. Ein während des Krieges durch Bomben schwer zerstörtes – früher adliges – Haus, welches von Wasser (Düssel) umspült wurde. Ein phantastischer Kerl, dieser Wilhelm. Er hatte zum Beispiel als Wirt keine Speisekarte. Brauchte er nicht; war nur lästig. Denn: dann musste er alles, was da drauf war, auch vorrätig haben. Und meistens wegschmeißen, weil nicht nachgefragt.

Schrieb also mit Kreide auf eine Tafel, was er an dem Abend kochen konnte. Ging nach dem Essen zum Gast und fragte ihn, „ob es geschmeckt hat". Wenn der Kunde „ja" sagte, rechnete er DM 10 mehr. Einfach so. Wilhelm führte ein interessantes Haus, wo ich abends gerne und freiwillig die „Bar" und die vielen Durstigen versorgte. Viele Gäste der Rheinisch-Westfälischen Kalkwerke tranken Ihr Abend-Bier dort. Bis früh in die Nacht. Die Bar-Umsätze lagen täglich bei DM 500 – 600. Und ein gezapftes 0,3 Pils kostete damals DM 2,50.

Aber auch der Intendant von den Festspielen in Bad Hersfeld wohnte hier. Er war mit seiner schweizerischen Freundin Dauergast in der von Wilhelm Heine nach dem Krieg neu aufgebauten Wasserburg. „Sie hat einen Busen von Granit, aber einen Kopf von Schweizer Käs" sagte er oft. Dabei war sie eigentlich ein absoluter Schatz und weckte bei so manchem Bar-Gast ein Verlangen nach mehr als nur einem Anblick.

Dies war jedoch kein Dauerzustand. An den Wochenenden kümmerte ich mich um die Kinder und unseren kleinen Hund, Pinkie, einen Zwergpinscher, in den südlichen Niederlanden. Nahm die ganze Mannschaft mit auf Wandertouren und versteckte in Baumrinden Süßigkeiten, wonach sie suchen mussten. Er werden bestimmt noch einige Bonbons dort sein, wenn nicht von Ameisen verspeist. Und lehrte sie sämtliche Baumsorten. Und sammelte mit ihnen Pfifferlinge in den Nadelwäldern.
Aufblühende Kinder, die aber auch in der Woche ihren Papa sehen wollten. Ich konnte ihnen bei den täglichen Hausaufgaben leider nicht helfen. Und ihre totale Erziehung übernahm die Mutter.

Mein Schwiegervater kaufte ein total verfallenes Betonwerk in Malden; ein beschauliches Dorf, 9 km südlich von

Nimwegen. Nachdem er einer Wahrsagerin auf einer Kerb gefragt hatte, ob dies für ihn richtig sein würde. Aberglauben pur. Dieses Werk lag unweit der deutschen Grenze zum Reichswald bei Kleve . Die zwei Eigentümer des verfallenen Betonwerkes wollten nach Südamerika auswandern. Sahen beide keine Zukunft für ihr Unternehmen. Dort wurde seit Jahren ein grausam schlechtes Produkt hergestellt, sogenannte Innenwandsteine. Wenn man einen Nagel zum Aufhängen oder irgendetwas in so eine (Innen-)Wand schlug, dann fiel die halbe Wand zusammen. Das Gelände lag an dem Maas-Waal-Kanal. Eine um 1901 bis 1902 von Hand gegrabene Verbindung zwischen den zwei Flüssen. An jedem Ende des Kanals eine Schleuse. Das Material, welches aus dem Kanal kam, wurde damals auf dem östlichen Ufer deponiert und diente nun als Rohstoff für „Innenmauersteine". Er wollte aber dort Pflastersteine aus Beton für den eigenen Bedarf im Straßenbau herstellen. Das war seine Vision. Nachdem sein jüngster

Sohn Paul Vissers dort als Geschäftsführer unter tagtäglicher Aufsicht von seinem persönlichen Sekretär, Herrn Jacques Werner, total und kläglich versagt hatte, bot er mir diesen Posten an.

Ich habe mit meinem Nonferro-Chef überlegt. Und eine „unbezahlte Auszeit" von 4 Wochen bekommen, um die Lage in Malden vor Ort zu erkunden. Die über 60 Mann, die dort auf der Lohnliste standen, waren überwiegend Sinti und Roma und liefen mit Messern in ihren Hochschuhen herum. Zogen die auch bei fast jeder Gelegenheit.
Ich bekam extrem wenig Zuspruch von meinen „künftigen Mitarbeitern" und fand kein Interesse für einen notwendigen Kurswechsel in der künftigen Richtung Pflastersteine. Die Arbeitsbedingungen waren unter aller Sau; eine offene Produktionshalle, wo der Wind hindurch fegte; ein leckendes Dach; überall schwerste Handarbeit, ständiges Heben von schwersten Brettern mit Produkten,

keine Kantine, wo man sein Mittagsbrot essen konnte; keine sanitären Einrichtungen und einen Betriebsleiter mit Abitur, der total festgefahren war, keine Inspirationen zu etwas „anderem" hatte und mit noch keinen 40 Lebensjahren für den Rest seines Lebens eingeschlafen war. Ich habe den Großteil der vier Wochen gebraucht, bis ich einen Angriffsplan in Einzelheiten ausgearbeitet hatte. Und schlussendlich „ja" gesagt zu meinem Schwiegervater, weil er mir das Werk, „falls eine Umstrukturierung erfolgreich gelingen würde", künftig zu einem Vorteilspreis verkaufen würde. Er sagte mir dies unter vier Augen. Und ich habe es nicht für notwendig gehalten, es mit ihm schriftlich festzulegen. So etwas tat man nicht; erst recht nicht beim Schwiegervater; ein Mann, ein Wort. Nachher, als das Werk wie eine Perle dastand, hat er sich nie an seine Aussage erinnern können. Auch nicht im beschwipsten Zustand, worin er ab und zu verkehrte.

Bei Nonferro habe ich gekündigt. Mein Chef, Reitsma, fand es sehr schade, hatte aber Verständnis und wünschte mir alles Gute. In Malden habe ich – nach den sommerlichen Betriebsferien in der Metallbranche – im Sommer 1967 angefangen. Viele nicht-wollende, nicht-begreifende oder nicht-könnende Mitarbeiter entlassen. Das ging noch sehr locker zu der Zeit. Ich hatte als Erstes einen Betriebsarzt eingestellt, der immer den letzten Freitag im Monat mit meinen Mitarbeitern an ihrem Arbeitsplatz sprach. Vertraulich. Über ihren Job, über den Mensch, über die Führung und über seine Familie, über die Kinder und ihre Schule. Ich bekam keine Details von den Gesprächen. Aber er wusste genau, wer „gut", wer „bedenklich" und wer „schlecht" war. Eine große Unterstützung für mich, wenn Menschen weg mussten. Oder sich beworben hatten. Auch die sah er. Dieser Arzt war für mich ein Segen. Meine Mitarbeiter hatten zu ihm Vertrauen. Und der Arzt legte ihre Seelen offen. Teils auch für mich.

Er bot sich eines Tages selbst an; er wurde gerade beim Militär als Sanitäter entlassen und suchte Arbeit. Er kannte dieses Werk von früher. Hatte für die damalige Direktion Zeitstudien gemacht, um Arbeitsabläufe besser zu gestalten. Wir sprachen eine halbe Stunde miteinander. In ihm habe ich einen neuen Betriebsleiter gefunden, der mir täglich eine große Stütze war. Henk de Wildt. Den alten Betriebsleiter habe ich darauf hin entlassen. Wir verdienten kein Geld, damals.

Es kostete nur Geld in den Anfangsjahren. Investitionen musste ich bei der Straßenbaufirma beantragen und bekam die ab und zu (wenn Geld da war). Die ganze Buchhaltung musste auch in der Straßenbaufirma erfolgen. Damit man einen „Überblick" hatte. Wahrscheinlich wurde dies wegen Misstrauen, dass ich Geld veruntreuen könnte, mir gegenüber gemacht. Aber: wir haben es geschafft. Es ist ein Betonwerk entstanden mit Produkten, die innovativer, besser als die der Konkurrenz und deshalb vor allem bei der Obrigkeit (Städte, Provinzen und Gemeinden in NL) gefragt waren. Nach dem vierten Jahr machten wir Gewinn. Und investierten diese Gewinne in unseren Produktionsprozess. (Sofern sie nicht vom „Mutterbetrieb" gefordert wurden, für Investitionen in Asphalt, unserem schwersten Konkurrent).

Dank des Arztes habe ich auch wesentlich bessere Arbeitsbedingungen in der Fabrik erstellen können. Die Produktionsmaschinen machten einen Lärmpegel von mehr als 110 db(A). Er plädierte für Gehörschutz. Den fand ich bei Bilsom AB in Uppsala / Schweden. Diese Firma installierte eine Musik-Ringleitung in der Fabrik. Und versah meine Mitarbeiter mit Ohrenbedeckern, worin sie sechs unterschiedliche Kanäle mit Musik wählen konnten. Kanal 1 war „Arbeitsvitamine"; ein ganztägiges Programm, was fast jeder hören wollte. Kanal 6 war ein Mitteilungskanal, auf dem der Betriebsleiter einzelnen Personen eine Durchsage machen konnte. Niemand wollte ohne Musik seine Arbeit verrichten und alle hatten Ihren Kopfhörer auf. Sie schützten damit ihr Gehör. Ohne Arbeitsvitamine wäre dies total undenkbar gewesen.

Das Dach der Produktionshalle war mit einem schwarzen Asphaltpapier bedeckt (beklebt). Darauf saßen hunderte von Möwen im Winter und wärmten ihre Plattfüße. Unser Dach war isoliert. Aber wenn Beton aushärtet, bildet sich Wärme durch den Hydratationseffekt im Zement. Und die Wärme steigt auf. Also ein warmes Dach; ideal für Möwen.
Aber: sie schissen auch. In der Größe etwa CD's gleich. Und dieser Kot war sehr aggressiv. Fraß sich sofort durch das Asphaltpapier. Also fuhr ich zu meinem früheren Fliegerhorst und holte mir bei einem früheren Kollegen Tonbänder, die den Startbahnen entlang abgespielt wurden, um störende Vögel zu verjagen. Gratis, natürlich. Todesschreie von Möwen aus unauffällig kleinen Lautsprechern wurden auf unserem Dach

von einem Lichtstrahl ausgelöst, wenn Möwen auf dem Dach landeten und den Lichtstrahl querten. Auch bei Nacht. Sie hielten es nach kurzer Zeit nicht mehr für angenehm, sich dort zu wärmen. Ein Dach gerettet!

Ein Schweizer und ein Däne gründeten Eurobeton. Sie führten Betonwerke. Und man fragte mich als drittes Werk. Zielsetzung war, ein Mitglied je Euroland zu haben und jährlich einen Kongress zu veranstalten, wo jeder seine eigenen Kosten trug und Erfahrungen mit Maschinen, Beton-Sieblinien, Produkten und Mitarbeitern ausgetauscht wurden. Reihum organisierte jedes Land einmal im Jahr eine Zusammenkunft von drei Tagen mit Werksbesuch. In den Jahren danach kamen Deutschland, Schweden, Belgien, Österreich, Frankreich, Italien, Spanien und England dazu. Trotz „Eurobeton" wurde ebenfalls eine Direktion aus Canada und South Africa eingeladen. Die lernten jedoch mehr als sie einbrachten.

Dr. Schwarz von Ebenseer Betonwerke aus Wien war ein empathischer Mensch, mit dem ich gerne verkehrte. Ebenseer baute Schutzwände an Bundesstraßen und Autobahnen in Österreich und sie hatten gerade einen „Ableger" konstruiert, einen Lärmschutzwall. Aus Beton, aber begrünbar. Und mit automatischer Bewässerung. Ich habe die Lizenz für Benelux von ihm genommen. Weil die Lärmschutzauflagen an den durchgehenden Straßen in Benelux immer strenger wurden.

So hatten wir sowohl im „Horizontalen" (Pflaster) als auch im „Vertikalen" (Lärmschutz) unseren Kunden vieles zu bieten. Die Stahlbetonteile wurden in einem Werk in Belgien gefertigt und gelagert bis zur Errichtung längs der Autobahn und von einem Spezialtrupp der Straßenbaufirma Vissers aufgestellt.

Zu der Zeit bin ich Mitglied geworden in dem britischen BPCF, the british precast concrete federation. Nicht, dass England uns etwas lehren konnte; nein. Die Briten hatten – auch – Betonsteinmaschinen in 1945 in Deutschland als Kriegsbeute abgebaut und in England unfachmännisch installiert. Damit arbeiten konnten sie keineswegs und hatten auch keine Ersatzteile. Die Produkte dieser Maschinen aus der Vorkriegszeit, die ich z.B. bei Mono Concrete Ltd. in Croydon gesehen habe (SF-Steine) waren viel mehr als grauenhaft schlecht. Unverkäuflich.

Die BCPF organisierte – jedes Jahr – Exkursionen nach Fernost. Und als Mitglied konnte man äußerst billig dort hinkommen. Ab London Heathrow. Ich habe gleichzeitig meinen dänischen Freund, Knud Anker Rasmussen, dort beim BPCF angemeldet. Und wir haben zusammen mehrere Reisen unternommen, nach Thailand, Japan, Australien und Neuseeland. Waren meistens die einzigen „non-Briten" an Bord. Wir haben viele neue Produkte dort kennengelernt. Die meisten Briten sahen es als Urlaubsausflug. Und machten andere Ausflüge. Wir besuchten dort ansässige Betonwerke. Dies hat sowieso zu einer dänisch-niederländischen Freundschaft geführt, die heute noch immer da ist (> 50 Jahre). Es ging soweit, dass wir gemeinsam neue Produkte entwickelten. Denn wir waren keine Konkurrenten, weil 800 Kilometer auseinander. Und Beton (schwer) lässt sich nur 100 km verschleppen. Darüberhinaus ist ein eventueller Gewinn in Dieselabgasen der LKW aufgegangen. Dafür mieteten wir für gemeinsamen Kosten ein Betonwerk in Südnorwegen während der Sommerferien (mit ihrem Laboranten) und probierten auf ihrer Steinformmaschine neue Betonmischungen und Pflastersteinformen aus. Diese 14 Tage dort waren die beste Investition in unserem gemeinsamen Betonleben. Die Kosten dort wurden tausendfach zurückverdient. Für Dänemark und für Holland.

Zu Hause wurde die Zweisamkeit immer dünner. Ich war Mitglied in mehreren Betonverbänden (regional und ländlich), war ehrenamtlich in der Public Relations Abteilung der Pflastersteinindustrie, die monatlich eine farbfrohe und technisch versierte Zeitschrift über Straßenbauprodukte und ihre Neuentwicklungen herausgab und hatte auch des Abends organisierte Treffen. War sehr viel weg; was meine Kinder mir nachher übelgenommen haben. Meine Frau wollte nicht mehr für mich kochen. Das konnte sie sowieso nicht. Hatte dies zuhause nie gelernt. Da waren zwei Dienstboten, die alles versorgten. Falsch erzogen war sie!

Aus reiner Überlebens-Strategie habe ich mich bei einem Koch-Club in der Nähe von Venlo angemeldet. Drei Abende als zuschauender Gast. Und dann ein Examen … ich bekam den Examensauftrag, ein Omelette zu braten. Als ich drei Eier in einer Schale geschlagen hatte, rief mich der Chef zu sich; bot mir einen kalten Schnaps an und sagte mir, ich sollte es ruhig angehen … . Mit dem Omelette würde es schon werden

… . Es wurde nichts daraus. Als ich die Flüssigkeit in die warme Pfanne getan hatte, kam alles furchtbar schnell hoch … niemand schaute mir zu. Gott sei Dank. Mit einem großen Küchenmesser habe ich drei bis vier Mal die immer höher steigende Eiermasse über dem Rand der Pfanne abgeschnitten und im Mülleimer entsorgt. Es ging weiter hoch. Der Schweiß stand mir auf der Stirn. Die lieben Kollegen hatten mich verarscht; als ich beim Chef einen schön gekühlten Kurzen trank, haben die Säue einfach aufgelöster Hefe in mein gerade angerührtes Omelette geschmissen. Furchtbar nette und zuverlässige Kollegen waren es aber nachher.

„Deine Omelette ist Scheiße … aber als Küchenfreund hast Du Dein Examen bestanden" sagte man im Chor. Ich habe viele Jahre dort jeden vierten Dienstag im Monat gekocht und große Freude an meinen Kollegen wie an den zu kochenden Menüs gehabt. An „meinem Abend", also dem vierten Dienstag, waren wir etwa 25 Köche. Von dem edlen Beruf als Chirurg bis Fließbandarbeiter; alle Gattungen. Hauptsache: Freu(n)de!.

Es wurde den ganzen Monat das gleiche Menü bei auserkorenen Lieferanten eingekauft, von ihnen besorgt und von uns gekocht.

Und des Abends kam einer der Gründer dieses Clubs vorbei „um zu kosten". Es war am Vorabend „immer besser" gewesen, sagte der. Gesoffen wurde wie verrückt. Wir hatten einen eigenen Weinkeller und auch während des Kochens wurde ordentlich eingenommen. Der Abend war leider, wie immer, gegen 23:00 Uhr zu Ende.

Eines Abends, als ich vom Kochclub zu meinem Hotel in Venlo fuhr, gab es eine Alkoholkontrolle auf der Brücke über die Maas, die ich überqueren musste, um in die Stadt zu gelangen. Ich hatte meine verschmierte Arbeitskluft noch an. Ein Polizist stoppte mich. Ich fuhr von Hand mein Fenster herunter und er sah mein Badge auf der linken Brust mit „CCN" drauf. Cuisine Culinaire Nederland. Der funkelte im faden Laternenlicht. „Guten Abend, Kollege" sagte er. Das „Kollege" gefiel mir sau-gut. „Du hast getrunken". „Ja", sagte ich. „Ich war heute zuständig für die Nachspeise. Und da musste viel Armagnac hinein. Und als Koch muss man sich an den schlussendlichen Geschmack herantasten. So habe ich vielleicht zehn Tropfen Armagnac zu viel zu mir genommen". „Ist nicht schlimm" sagte er. „Gute Köche gibt es viel zu wenig!". Und „hast du es noch weit?" „Nein, zum Hotel Rembrandt". „Dann fahre bitte vorsichtig … " „Ja, mache ich." In Zivilkleidung wäre ich hier ein 100% toter Vogel gewesen. Es lebe der Kochclub. Aufgehört habe ich leider dort, als ich zu Traudel zog.

Über dieses Venloer Hotel Rembrandt ist noch einiges zu sagen; die Firma Océ-van der Grinten (Kopiermaschinen) aus Venlo feierte irgendein Betriebsfest. Ein CCN-Koch-College, Ed, der in der Nähe von Maastricht wohnte, übernachtete

auch immer den vierten Dienstag im Monat dort. Wir hatten im Klub gekocht; es war fast Mitternacht und wir tranken zu zweit noch ein Bierchen vom Fass an der übrigens leeren Bar, bevor wir zu Bett gingen. In unserer ziemlich dreckigen Kochkleidung. Kommt auf einmal ein schick gekleideter Herr um die Ecke und gibt uns NLG 200 (knapp DM 180).
„Mit unserem Dank für eure Anstrengungen heute Abend. Die Seezungen waren zwar klein aber haben gut geschmeckt". Herr van der Grinten selbst.
Da sagte mein Kollege: „wenn Sie etwas frühzeitiger bestellt hätten, dann wären die Seezungen bestimmt größer gewesen". So frech war der.
Nichts geleistet und NLG 200 kassiert. Schöner geht kaum.

Ich war – auch innerlich – froh, die Traudel in Saalbach Hinterglemm kennen gelernt zu haben. Mein Sohn hatte diese Reise und das Hotel gebucht *) und wir waren, purer Zufall, im selben Moment im gleichen Hotel. Schicksal! Danke, Patrick. Auch die Zugfahrt von Den Bosch nach Saalbach hast du damals super organisiert.!

*) Im Jahr davor waren wir zu fünft mit meinem PKW, einen 3,6 Liter Rover mit Buick Motor und automatic gear, nach Sankt Johann in Tirol gefahren. Auf Sommerreifen, wie alle Niederländer. Hatten für 14 Tage eine schöne Pension gebucht. Jedoch: kein Schnee. An Sylvester sind wir unverrichteter Dinge Richtung zuhause zurückgefahren. Bekamen von der Pension natürlich kein Geld zurück. So sind Österreicher in der Regel. Unterwegs nach Hause kam der Schnee. Der Wetterdienst warnte ab Flughafen München Riem davor, dass es „eiskalt aus dem Norden kam". Temperatursturz. Mindestens 20 Grad weniger als jetzt. Bei strahlend blauem Himmel. Unglaublich. Ich konnte es nicht fassen.

Weil alle Hotels unterwegs schon belegt

waren mit belgischen und holländischen Menschen, die das gleiche Schicksal erreicht hatte, mussten wir weitab der Autobahn noch eine Übernachtungsmöglichkeit suchen. Alles war voll. Sylvester. Nur in Alzey und abends, viel zu spät, fanden wir noch einen Italiener, der uns beherbergen konnte, falls wir dort auch zu Abend essen wollten. Wir haben unterm Dach zu fünft geschlafen bei wenig Feuerwerk und mussten morgens unser Auto freischaufeln. Mit vom Italiener geliehenen Schippen. Und Schneeketten anlegen. Die von mir angelegte Kette verlor ich schon vor der Autobahn. Die von Patrick angelegte hielt bis nach Hause. Einstimmig sagten alle, „nächstes Jahr anders". So organisierte meinen Sohn diese Saalbach-Reise.

Im nächsten Jahr. Mit der Bahn.

Ich habe mit der Traudel an Sylvester in der Bar vom Sporthotel Ellmau getanzt. Sie gefiel mir; sehr sogar. Ihr Mann sorgte sich auf dem Zimmer um den kleinen Sohn Eike und meine Frau lag schon stark angetrunken – nach zu vielen Sherrys – im Hotelbett. Ich habe der Traudel damals spontan gesagt, dass ich sie heiraten würde. Traudel hat mich sofort darauf für „total verrückt" erklärt. Das war ich auch; aber „anders".

Da sie am Neujahrstag schon früh wieder abreisen musste (ihr Mann war Pilot bei LH und musste am nächsten Tag fliegen) habe ich in aller Frühe am Neujahrsmorgen das Auto, einen roten Audi mit einem HG Kennzeichen, eisfrei gekratzt und meine Visitenkarte unter das Wischblatt gesteckt.

Die Familie Dehning war in Hinterglemm, weil die Mutter der Traudel just in der Zeit eine schwere Operation in München erleiden musste. Und von Hinterglemm aus wäre man, im Notfall, in etwa einer Stunde im Münchner Krankenhaus gewesen. Von Oberursel aus hätte dies mindestens fünf Mal so lange gedauert. Sagte sie. Daher.

Etwa Mitte Februar habe ich die Traudel angerufen. Ich hatte einen Betontermin in Nürnberg und war einen Tag zuvor bereits angereist, um ihr einen Blumenstrauß zu bringen. Sie hatte ein Büro, zusammen mit Gerlinde Schönberg, in der Löwengasse 14, zu Frankfurt. Ihre eigene Firma OASE GmbH. Ich habe sie von einer Telefonzelle am Frankfurter Flughafen im Büro angerufen und ihr einen schönen Blumenstrauß in die Löwengasse gebracht. Das war der Anfang unseres fast 33 Jahre dauernden – im Nachhinein viel zu kurzem – Zusammenleben!

Mein Herz schlug in Oberursel. Und nicht mehr in NL. Als meine Jüngste, Susanne, 18 Jahre alt wurde (Frühjahr 1984) habe ich zuhause erzählt, dass ich die Familie verlasse. Und vorerst, „zur Entwöhnung" in Kleve am Lehmkuhl ein kleines Apartment beziehe.
Meinem Schwiegervater habe ich gesagt, dass er seine Tochter und seine Betonfabrik behalten konnte. Er hat sich darüber nicht gefreut.

Die Konsequenzen der Scheidung waren

teuer. Der Schwiegervater wollte sich rächen, mehr als deutlich. Er hatte den besten Rechtsanwalt der Region. Ich einen „bezahlbaren". Ich wurde in ‚s-Hertogenbosch vor dem Kadi verurteilt zu NLG 5.000,00 Alimente pro Monat netto an meine Ex, „weil sie diesen Lebensstil gewohnt war". So sagte es < Euer Ehren". Dabei verdiente ich NLG 90.000 brutto im Jahr. (DM 79.500). Davon ging fast die Hälfte an Steuern usw. weg. Dieses Arschloch: er hatte total keine Ahnung. Hätte ich diese Frage vermutet, so hätte ich einen Lohnzettel mitgebracht. Aber auch mein Verteidiger hätte mir dies sagen können. Es kam nichts von ihm; nur eine satte Rechnung.

Zu der Zeit war es üblich, dass man die „Alimente" von der NL Steuer absetzen konnte; vorausgesetzt, man arbeitete und wohnte in den Niederlanden. Ich wohnte und arbeitete in Belgien. Dumm gelaufen. „Haben Sie noch eine letzte Bemerkung?" fragte der Richter. „Ja, Euer Ehren. Mein ex-Schwiegervater ist, besonders durch mein persönliches Engagement während 18 Jahren für sein Betonwerk, zum Millionär geworden. Wenn er stirbt, erben seine fünf Kinder Millionen. Also: von seinem Sterbetag an möchte ich diese Alimente nicht mehr zahlen". Mein Wunsch wurde vom Gericht bestätigt. Und meine Älteste – Caren – rief mich – viel zu viele – Jahre später an mit der Mitteilung, „dass Opa gestorben sei". Und fragte nebenbei, ob ich mich dabei wohl fühle.

Ne tolle Frau! Absolut. Und heute erst recht.

Die letzten Jahre in Malden wurde ich besucht von einer Dame aus dem Rheingau. Erst recht nicht schön, aber zielstrebig. Sie wollte mir Pigmente für die Pflasterstein-Einfärbung verkaufen. Gabrielle Kurz. Wir kauften im Jahr für etwa 2,5 Millionen DM bei Bayer AG in Krefeld. Frau Kurz vertrat die Chemischen Werke Brockhues in Walluf. Der Firmenname lief auch unter „komische Werke Bockwurst" erfuhr ich später. Frau Kurz brachte ab und zu eine Flasche schönen Wein aus dem Rheingau mit. Nach mehreren Probelieferungen von in Walluf hergestellten Pigmenten und einem interessanten Rabatt bin ich auf diese Firma umgestiegen. Wir bekamen bessere Farben in unsere Produkten und sparten eine halbe Million DM. Jedes Jahr.

Frau Kurz bekam auch mit, dass ich mit dem Gedanken spielte, das Betonwerk meines Schwiegervaters zu verlassen. Und unterrichtete ihren Chef, Dr. Axel Jungk. Dies war mir nicht bekannt. Der kam, begleitet von einem Bankdirektor des Hauses Metzler in Frankfurt, Hausbank bei Brockhues, nach Vereinbarung zu mir. Ich flog, einige Jahre früher, von Amsterdam nach Birmingham, um eine Baumesse zu besuchen. Die KLM Maschine hatte Verspätung und den Fluggästen für Birmingham wurde einen Film vorgeführt, in einem kleinen Kino. Eine Dia-Show, die die Inbetriebnahme der Boeing 747

Jumbo bei KLM anschaulich machte. Der Hersteller dieser Show war ein Künstler aus Ootmarsum. Ich habe mir den Namen gemerkt, weil ich die Präsentation „super" fand. Und ihn nach Birmingham angerufen.

Er hat für mich so eine Präsentation vom Betonwerk gemacht. Kostete damals NLG 80.000 (etwa DM 71.000) für Versionen in Niederländisch, Deutsch, Französisch und Englisch. Auch für Jungk und Metzler wurde diese Dia-Show aufgeführt. Sie fanden es „außerirdisch". Beide Herren verschafften sich einen Eindruck, wie ich arbeitete, und Jungk bot mir den Job Internationaler Verkaufsleiter für Brockhues an.

Mit einer nicht unbeachtlichen Einkommenssteigerung im Vergleich zu Maas & Waal Beton für mich. Ich habe den Vertrag unterschrieben nach Rücksprache mit Traudel. Sie wohnte in Frankfurt, unweit des Fernsehturms in der Ginnheimer Straße (27) im 5. Stock. Natürlich mit Lift. Ihre Wohnung mit offenem Kamin, gebaut durch eine super

Baufirma aus dem nahen Idstein, die ohne auch nur einen Tag Verspätung lieferte und bei der feierlichen Übergabe einen Blumenstrauß für die neue Besitzerin auf den Tisch gestellt hat. Wir haben uns dort sehr wohl gefühlt, obwohl wir auf dem Boden auf einer Matratze schlafen mussten. Geld für ein Bettgestell war drum herum (noch) nicht da.

Ich habe meine Wohnung in Kleve mit drei Monaten gekündigt, mich ausschreiben lassen in Drunen, Holland, mich einschreiben lassen in Frankfurt und habe am 1. Juli 1986 in Walluf angefangen. Bekam ein eigenes Bürozimmer in dem zu kleinen Verwaltungsgebäude, worin ein Schreibtisch mit Telefon, ein Stuhl und ein Schrank waren. Mehr nicht. Ich musste mich gewöhnen an deutsche Firmen-Gebräuche und -Sitten, aber ein ebenfalls hier neu eingestellter Mensch, Dr. (Chemie) Adi Veit, für die Technik, war ein richtiger Kumpel, mit dem ich heute noch befreundet bin. Ich habe in den sechs Monaten einiges erreicht, konnte aber mit dem Führungsstil des Herrn Jungk nichts anfangen. Er hat – als Chef – kinderlos und verheiratet mit einer Französin, (wodurch er La France sowieso als sein Verkaufsgebiet sah und es auch als Einzelperson erfolgreich bearbeitete) mir bei allen internationalen Geschäften den Schneid abgekauft. Er verkaufte die großen Brocken; für mich blieben nur die Krümel. Viele Mitarbeiter, auch die, die ich eingestellt hatte, haben meine Kündigung nach sechs Monaten bereut.

Es war auch mein Job dort, Kontakte zu internationalen Abnehmern zu pflegen. Anfangs telefonisch. Dazu gehörten auch die Niederlande. Ich hatte viele frühere Kollegen am Telefon. Sie bestellten sowieso, aber fragten auch, wie es mir ging. Mehrere boten mir einen Job in ihren Werken an. Mit Bleijko in Walsoorden / Zeeland habe ich des Abends einen Gesprächstermin in der Raststätte Siegburg, südlich von Köln, ausgemacht. Ich kannte die Direktion (von früher) und Bleijko hatte es nicht einfach; die Geschäftsleitung hatte ihr Werk gerade verkauft, der neue Besitzer (ein Rohstofflieferant) wollte Ergebnisse und es fehlte an Resultaten. Der kommerzielle Direktor brachte zu diesem Gespräch seinen Neffen mit. Der war gerade Dipl. Ing. geworden und wollte - als jüngster Angestellter – jetzt schon „mltmischen" in der Geschäftsleitung. Er fand meine Gehaltsvorstellungen zu hoch und machte lauter dumme Bemerkungen. So eine blöde Rotznase. Ich habe es ihm auch nicht leicht gemacht, danach. Und das war richtig. (Er wurde später als technischer Direktor der Bleijko vom Aktionär fristlos entlassen und besitzt nun ein kleines Betonwerk in den südlichen Niederlanden). Wie es ihm geht ist mir völlig schnuppe.

Der 5-Jahres-Vertrag, den ich mit Bleijko unterschrieben habe, war eine große Stütze bei der Kündigung in Walluf. Man tut nichts Altes weg, bevor man Neues hat. Dies hat mein Vater mir irgendwann mal gesagt.

Ich habe in Wiesbaden in einer Bembelkneipe – eine warme Empfehlung von Adi Veit – (Ausschank vornehmlich „Stöffche" also Apfelwein) eine Abschiedsparty für meine Verkaufsmannschaft bei Brockhues AG gegeben. Das passte! War super! Ich bekomme – nach 33 Jahren – noch immer eine Weihnachtskarte von einigen früheren Mitarbeitern.

Mein neuer Arbeitgeber für die nächsten fünf Jahre ist ein Betonwerk in einer weit abgelegenen Ecke der Niederlande; Zeeuws Vlaanderen.

Die dort lebenden Menschen haben mehr belgische als niederländische Gene, es ist der „feste" Teil der wasserreichen Provinz Zeeland, der an Belgien grenzt. Die Schelde führt durch Zeeland in die Nordsee. Der Rest besteht aus (schier) Inseln. Die Grenze zwischen Belgien (Königshaus von Sachsen-Coburg und

Gotha) und den Niederlanden (Königshaus Oranien-Nassau) wurde in 1830 festgestellt. Indem man auf der Schelde ein Kanonenboot fahren ließ, welches alle fünf Kilometer eine Granate gen Süden abfeuerte. Die vom NL und B Militär beobachteten Einschläge bildeten die Grenze. Man sieht am Grenzverlauf deutlich, dass die Granaten während der Perioden, wo sie abgefeuert wurden, Rücken- und Gegenwind hatten.

Ich habe hier am 1. Dezember angefangen. Es wurde – einige Jahre her – durch diese Firma ein neues Betonwerk in einem Ort, etwa 10 km nördlich von Hulst gebaut. In einem Ort namens Walsoorden; direkt an der Schelde. Das Land: alles einfach flach; nur Weiden wuchsen an den Kanälchen. Die Zweige wurden zu Körben geflochten. Man hatte jedoch vergessen, dort ebenfalls Büroräume zu errichten; die waren in Hulst zurückgeblieben. Also fing ich in Hulst auf dem Bahnhofsplatz an. Habe im Monat Dezember eine Inventur der Produktpalette und der Kunden gemacht.

Man stellte Betonrohre, Schächte, Bordsteine, Gehwegplatten und Pflaster her. Und dazu Lieferbeton. Alles 08/15. Der niederländische Teil des Absatzgebietes war dünn besiedelt. Wenn man zu den anderen Gebieten kommen wollte, musste man über mehrere Fähren. Teuer!

Also war das größte Absatzgebiet Belgien, dessen Land ohne Fähren erreicht werden konnte. Aber gerade da waren die Preise sehr schlecht. Ursache: mehrere niederländische Hersteller verscharrten ihre überflüssige Produktion in dem Land. Darüber hinaus zahlten die belgischen Kunden gerne sehr spät; manchmal gar nicht.

Nach der selbstgemachten Inventur habe ich mich hingesetzt und einen Business-Plan geschrieben. Und diesen auch gewissenhaft durchgesetzt. Alle Produkte, die keinen oder gar einen negativen Deckungsbeitrag lieferten, entfernt. Auch die Formen für diese

Produkte wurden verschrottet, damit man nicht in der Verführung kommt, solche Produkte wieder aufzulegen. Und falls die noch von Kunden gefragt wurden, so möglichst billig bei der Konkurrenz eingekauft. So blieb meistens auf diesen unwirtschaftlichen Produkten noch ein kleiner Gewinn für Bleijko übrig. Für die nun fehlende Besetzung der Produktionsmaschinen habe ich andere Produkte gesucht. Z.B. einen know-how-Vertrag mit einem führenden Betonwerk in Süddeutschland abgeschlossen. Mit Karl Kronimus. In Iffezheim. Mein langjähriger Freund. Von den mittlerweile drei Besitzern der Firma Maas & Waal (Vater Vissers und seine beiden ältesten Söhne) durfte ich mit diesem Mann nichts machen. Das war – damals – ein kurzsichtiger Fehler.

Wir durften in Bleijko Pflastersteine nach seinen Rezepturen herstellen und vertreiben in NL und B. Um diese Produkte „an den Mann" zu bringen, brauchten wir mehr Schlagkraft am

Markt. Also: neue Außendienstler her. Habe ich gesucht und gefunden. Die – niemand ausgeschlossen – zweiwöchentlich kollektiv über ihre Fortschritte im Markt berichten mussten. Vor ihren Kollegen. Es war jedermann sehr peinlich, wenn man am Versammlungstisch vor eigener Mannschaft und Direktion keine positiven Ergebnisse mittteilen konnte ... .
Also strengte man sich an! Diese Herangehensweise wirkte Wunder.

Aber auch meine eigenen Ideen in Produkte umgesetzt. Insbesondere in die, die ich im Werk meines Schwiegervaters nicht durchführen durfte. Dies geschah vor allem im Bleijko Zweigwerk Roeselare, nahe der französischen Grenze. Weil dort noch Kapazität frei war. Der Dipl. Ing. in der Geschäftsleitung, der neu zugezogene Jan de Koning, hat die langjährige Freundschaft zwischen Karl Kronimus und mir total zerstört.
Wir hatten einen Know-How-Transfervertrag für die Deckschicht von

Pflastersteinen. Dafür zahlte Bleijko fünf Jahre lang einen Betrag.

P.S.: Platten durften wir in diesem Vertrag nicht herstellen. Die wurden – über einen von Kronimus bezahlten Exklusiv-Vertreter in Belgien – von Iffezheim am Oberrhein aus geliefert.

Nach dem ungewollten Ablauf meines Vertrages hat der immer schräge Jan de Koning angefangen, Platten mit Kronimus-Deckschicht zu produzieren. Ohne Vertrag. Ohne Rücksprache mit Kronimus. Nach eigenem Gutdünken. Und seine Leute haben diese Platten der Stadt Antwerpen angeboten. Und als „Kronimus-Platten" verkauft. Die Platten froren im nächsten Winter kaputt. Und Kronimus wurde von der Stadt angerufen. Mein langjähriger Freund in der Firma Kronimus, Hubert Speck (seine Mutter ist eine Schwester von Karl), hat die Reklamation bearbeitet und festgestellt, dass Bleijko Vertragsbruch begangen hat. Mein Name wurde damit von einem

Idioten, der die Grundsätze der Zusammenarbeit missachtet, durch den Dreck gezogen. Hatte ich absolut nicht verdient. Ich habe leider keine Möglichkeit gehabt, die Problematik mit Hubert persönlich auszudiskutieren. Ich hoffe, es gäbe die Möglichkeit noch, bevor ich ablebe. Dabei denke ich an die momentanen Coronarestriktionen.

Aber: zurück zur Tagesordnung. Die Ist-Situation am 1.12.1986 war, dass nur an Baumaterialienhändler, Tiefbaufirmen und Hafenbehörden (Antwerpen) verkauft wurde. Diese Abnehmerschicht will bekanntlich immer die niedrigsten Preise und zahlt irgendwann.

Die (ideale) Soll-Situation sollte werden, dass wir an Gemeinden, Provinzen und das Land Belgien verkaufen sollten. Die gehen nie Pleite. Und die Stadtarchitekten bearbeiten das. Wenn man in den Ausschreibungsunterlagen als Lieferant vom Auftraggeber erwähnt wird, muss auch der billigste Bieter bei dem Vorgeschriebenen kaufen.

Diese Umstellung (auch im Kopf der Vertreter) gelang allmählich. Wir haben die Weichen mühsam, aber gut gestellt. Und heute lebt die Firma, nach sehr, ja bizarr schlechten wirtschaftlichen Zeiten in Benelux, noch immer.

Auch die von mir in Lille / F vor einem französischen Notar gegründete société anonyme Bleijko in Marques en Bareuil liefert heute nach wie vor Produkte aus, die in den NL und B Werken der Bleijko hergestellt werden. Der erste Vertreter, den ich angestellt habe, Jacques Rits, hat gerade in 2020 seine Rente bekommen und Bleijko SA hat nun einen Verkaufsstab von fünf Menschen in Nord-Frankreich. Gut, oder?.

Ich wohnte zu der Zeit in Antwerpen, auf dem „anderen" Schelde-Ufer. Eine herrliche Wohnung mit offenem Kamin am Yachthafen. Über das Wochenende fuhr ich nach Oberursel zu meiner lieben Frau. Ich hatte zu der Zeit ein belgisches Kennzeichen und einen belgischen Führerschein. Gelangweilt habe ich mich

– so ich schon früh nach Hause kam – in Antwerpen des Abends nicht. Unter der Schelde war ein Fußgängertunnel, den ich oft frequentierte. Zu meiner Stammkneipe auf dem Groenplaats. „Dheerenvijff". Um ein „bolleke" (sieht aus wie ein großes Cognacglas) PALM Bier vom Fass zu trinken. Sehr bekömmlich. Culinair war Antwerpen sowieso ein „hotspot". Tausende von kleinen Kneipen, viele Traiteurs mit äußerst einladenden Schaufenstern und mehr als hundert exzellente Restaurants. An manchen Wochenenden kam die Traudel zu mir und wir genossen in vollen Zügen das gute Leben dort.

Nach fünf Jahren wurde mein Vertrag nicht mehr verlängert. Einer der früheren Gründer der Firma Bleijko (die Herren Bleijenbergh und De Koning) Theo de Koning hatte – wie bereits beschrieben – seit 1985 seinen jungen Dipl. Ing. in die Firma eingebracht. Ein Herr Jan de Koning. Als Assistent des Vaters. Dieser Junior-Chef lief mit seinem ökonomischen Lehrbuch der Uni durch die Fabrik – fest unterm Arm – und verkündete hier und da, wie man ein Werk führen muss.

Er wurde von den Arbeitern in der Fabrik überhaupt nicht für wichtig genommen. Wusste aber, was ich verdiene, und dies war ihm ein Dorn im Auge. Er hatte eigentlich – im Management-Team – nichts zu sagen, aber hat die Verlängerung meines Vertrages verhindert. So stand ich am 1.12.1991 ohne Job da. Geschieden, keine Wohnung mehr in Antwerpen, eine wahnsinnig nette Freundin in Deutschland, kein Job und Einkommen ... was macht man da? Traudel gab mir Rat. Ich gründete meine eigene Firma. Als Unternehmensberater. Und benannte die Firma nach den Anfangsbuchstaben meiner Kinder CPS.

Ich hatte meine Wohnung an der Thonetlaan bereits gekündigt, als ein belgischer Betonhersteller des Abends in meiner Wohnung anrief. Ob wir ein

Gespräch haben könnten? Ja, natürlich, sagte ich ihn. Er war eigentlich Pflasterstein-Hersteller. Wollte aber in dem Dachsteinsektor die Nummer eins in Belgien werden. Größenwahn. Ich dachte in dem Moment: der ist verrückt; es gibt in Belgien zwei besonders starke und gut bekannte Hersteller von Betondachsteinen. Wir haben uns kurz in einem Lokal am Linkeroever getroffen. Er trank Tee (!), war Luc Van Cauwenbergh aus Rumst. Juniorchef in der Firma VCR. Er hatte bereits einen technischen Mann eingestellt für die Produktion. Herrn Jan Verreck aus Panheel / NL. Ich kannte Jan. Er hatte früher Ombudsmann gespielt in Differenzen zwischen meinem belgischen Zementlieferanten CBR und unserer Produktion in Maas & Waal Betonindustrie zu Malden / NL. Das Betonwerk, welches ich nahezu 19 Jahre geführt hatte.

Mein künftiger Job sollte darin bestehen, dass ich Van Cauwenbergh Dachsteine in der Bundesrepublik bekannt machen sollte. Der Besitzer dachte anfänglich, dass sich seine Dachsteine von selbst verkaufen würden in Deutschland, wenn man die Qualität erstmal gesehen hatte. So wird Hochmut bestraft.

Dazu sollte ich einen Dipl. Ing., den er als Betriebsleiter angestellt hatte und der aus der Metallbranche kam, „alles über Beton beibringen".

Und einen Menschen, den er speziell für den europäischen Verkauf eingestellt hatte, Johan Vanovertveld, in den deutschen Markt einführen. Der war von Beruf Journalist. (Ist heute in der EU in Brüssel; man sieht ihn ab und zu im TV). Sprach ein sehr gepflegtes Französisch, aber leider nur Steinkohlendeutsch. Er schuldet mir heute noch geliehenes Geld. Denn er konnte mit seinem Gehalt nicht umgehen. Weil ich in dem Moment nichts Anderes hatte, habe ich den Job angenommen. Und dies alles auch noch für einen schlechten Preis pro Dienstag bis Donnerstag.

Der Unterschied in der Herstellung der

Betondachsteine lag darin, dass VCR (Van Cauwenbergh Rumst) die Dachsteine nicht durchfärbte, wie beide andere Werke in Belgien, sondern in grauem Beton herstellte und während des Produktionsprozesses eine Art von farbige Schicht aufbrachte. Ein Slurry. Diese Schicht, in Rot, Schwarz, Braun oder Blau, sollte zuerst austrocknen, bevor eine Versiegelung auf die Dachsteine gesprüht wurde. Die Trockenzeit in den speziellen Kammern war zu kurz. Oder anders gesagt: die Trockenkapazität war zu gering. Die Dachsteine hätten 24 Stunden länger austrocknen sollen. Da war der Geiz der Inhaber schuld. Hätte man nur die zweifache Kapazität an Trockenkammern gebaut; dann wären alle Dachsteine OK gewesen. Und Trockenkammern sind der preiswerteste Teil einer Investition.

Das mit dem Zement gebundene Wasser war aus den geformten Dachsteinen noch lange nicht hydratiert, als der „coating" angebracht wurde; die aufgebrachte Farbschicht hatte immer noch so viel

Wasser inne, dass die Versiegelung eigentlich immer misslang, weil sich Kalkausblühungen aus den Poren unter der Versiegelung absetzten.

Also: nur Dachsteine mit einem wunderbaren „Heiligenschein" wurden produziert. Vielerorts ergab sich dieses Ereignis erst auf dem Dach. So etwas akzeptiert kein Abnehmer. Also: Dachsteine wieder herunter und neue drauf. Es hat VCR so viel Geld gekostet, dass man schlussendlich den ganzen Betrieb einstellen musste. Und meine Rechnungen der letzten 6 Monate wurden dadurch nicht beglichen. Die britische Firma Marschalls hat unwesentliche Teile des Werkes übernommen, jedoch die Dachsteinherstellung eingestampft.

In dieser VCR-Zeit (Anfang 1992) rief bei mir abends und zuhause der dänische Pflasterstein-Maschinenhersteller KVM in DK 8620 Kjellerup an. Kjeld Andersen. Er hatte eine gebrauchte

Betonsteinmaschine nach Ostdeutschland verkauft an ein Betonwerk Papke VeB in Luckenwalde, südlich von Berlin. Er war für die Technik verantwortlich. Ob ich die Umstellung der Truppe auf Marktwirtschaft übernehmen wolle?

Die Geschäftsführerin dieser Firma, die mit Hilfe eines Beraters aus Ennepetal vor Kurzem (man höre und staune) in eine GmbH umgewandelt wurde, Frau Kinze, hat über die Treuhand einen Kredit in Bonn beantragt und DM 5 Millionen bekommen. Als zinsloses Darlehen, welches in fünf Jahren zurückzuzahlen sei.
Während der DDR-Zeit hatte dieses Betonwerk mit einer russischen Maschine Betonplatten mit Eisenbewehrung hergestellt, die für die Stasi-Fahrzeuge entlang der Mauer und Zonengrenze dort verlegt worden waren. Ich habe Frau Kinze aufgesucht und mit ihr einen Vertrag gemacht, dass ich die Firma für die nächsten sechs Monate für einen

„lump-sum", also ein Gesamtbetrag, begleiten würde bei der Produktion und der Vermarktung von Produkten. So weit, so gut.

Ich flog bei Bedarf von Frankfurt nach Tegel, mietete dort in der Firma Wucherpfennig einen Renault Clio und fuhr über Basaltkopfsteinpflaster nach Luckenwalde. Die Straßen außerhalb Berlins waren ständig voll mit russischen LKW. Und die Lenkräder oft in besoffenen Händen.

Die Produktionsmannschaft war total uninteressiert an der Erneuerung und begriff – nach 40 Jahren DDR-Regime – gewollt oder ungewollt, absolut nichts von Marktwirtschaft und ihre künftige Rolle darin. Sie saßen lieber in der Kantine mit tollen DDR-Sprüchen an jeder Wand. So war es auch immer gewesen, wenn sie ihr „Soll" erfüllt hatten oder (was häufiger der Fall war) keine Rohstoffe angeliefert wurden. Dann spielte man Doppelkopf. Auch Frau Kinze wartete - jeden 4. Freitag im Monat – immer noch auf das Pferdefuhrwerk, welches zu DDR-Zeiten Zement brachte. Obwohl schon seit über einem Jahr kein kostenloser Zement mehr gebracht wurde.

Kjeld Andersen und seine Männer fuhren jeden Montagmorgen früh in Mitte Jütland weg und waren am Nachmittag in Luckenwalde. Sie blieben bis Freitagnachmittag. Wir schliefen gemeinsam bei einem netten „Pauker", also einem Lehrer, der Zimmer vermietete im Nachbardorf. In Luckenwalde gab es keine Übernachtungsmöglichkeit. Die Familie Eleonore und Gottfried Sander in der Luckenwalder Str. 2 in 14943 Kolzenburg. Hotels gab es zu der Zeit auf dem Lande nicht.

Da die Maschinenfabrik Henke in Bad Oeynhausen in der ganzen vormaligen DDR etwa 50 Betonsteinmaschinen aufgestellt hatte (was der Firma August Henke einige Jahre später zum finanziellen Verhängnis wurde) wurde der

Markt für Frau Kinzes Produkten sehr dünn. Die Henke Maschinen waren schneller als die KVM und die produzierte Menge war größer. Dafür aber war die KVM-Qualität wesentlich besser.

Ich sah es kommen und bin zu den wichtigsten Konkurrenten gefahren. Mit ihr im Auto. Und habe mich dort vorgestellt als ihr Berater. War ich ja auch. Und habe mit dieser lieben Konkurrenz über eine mögliche und enge Zusammenarbeit im Pflastersteinsektor gesprochen. Dies war total neu für die. Sie waren – fast alle – argwöhnisch. Bis sie feststellten, dass ich eine viel größere Erfahrung als Produzent hatte als sie selbst. Da beruhigte sich die Gesprächslage und man hörte vernünftig zu.

Ich wollte gerne, dass die Konkurrenz die 08/15-Ware herstellt. Die die Papke GmbH auch dort – zu einem noch zu vereinbarten Preis – kaufen würde, wenn man Aufträge für das normale Pflaster gebucht hatte.

Und Papke sich „ausschließlich" mit der Herstellung von weißen Markierungssteinen beschäftigen sollte. Die die „Anderen", also die auf Henke-Maschinen produzierten kaufen sollten. Denn die brauchte man auch. Und es wäre ein Riesenaufwand, die Maschine sauber zu machen, um einige tausend Markierungssteine selbst zu produzieren. Das sah man ein.

Diese weißen Steine sind mit einer Deckschicht von Grenette (ein hartgebranntes weißes Granulat; es kommt überwiegend aus Ägypten) und weißem Zement hergestellt; ein teures Verfahren, welches jedoch durch den Verkaufspreis total gerechtfertigt wird. Es ist eine absolute Spezialistenarbeit, diese Steine herzustellen. Sie werden für dauerhafte Markierungszwecke in Pflasterflächen hergestellt. Und ich hätte es den Papke-Ossis gerne beigebracht. Die Konkurrenz fand dies eine gute Idee; man würde die weißen Steine bei Papke kaufen. Wir hätten „nur" Kollegen als Kunden. Wenn wir sie die 08/15-Ware herstellen ließen.

Nur ... Frau Kinze wollte dies nicht. Sagte sie mir anschließend im Auto auf dem Rückweg nach Luckenwalde. Alles für die Katz. Obwohl ich schon eine Woche vorher ihr dies ausführlich – mit Rechenexempeln – im Büro erklärt hatte und es wirklich als einzig gute und gesunde Überlebensmöglichkeit für ihr kleines und eigentlich unbedeutendes Werk sah. Eine Nische füllen. Um - inmitten dieser mörderischen Konkurrenz – ein positives Betriebsresultat zu erreichen. Weil man eine Sonderposition hätte. Und spezialisiert war. Sollte die Vereinbarung – aus irgendeinem Grund – künftig platzen, dann könnte Frau Kinze in den gleichen Formen und mit bedeutend weniger teuren Rohstoffen als noch 08/15 graue Steine produzieren ...

Sie möchte „alle Steine der Welt produzieren" und sich – endlich nach 40 Jahren DDR – „nicht auf weiß beschränken".

So schlug ich ihr vor und brachte aus dem Westen mit dem Auto viele Muster mit, getrommelte Steine herzustellen, wie es in Westdeutschland „en vogue" war. Sie sagte lediglich: „wir hatten 40 Jahre Steinen mit Ecken ab. Ich will jetzt ganze Steine produzieren".

Es ist mir leider nicht gelungen, die 40 Jahre Planwirtschaft in ihrem Kopf auf Marktwirtschaft umzustellen. Bei ihre zwei Damen im Büro schon, von Tag 1 an. Aber die hatten total nichts zu sagen. Dumm gelaufen.

Ich habe sie wirklich drängen müssen, mit mir nach Nordberlin zu fahren, um einen Zementlieferungsvertrag zu unterschreiben; sie wartete immer noch auf ihr Pferdefuhrwerk am Freitag.

Ich habe mich mit dem Leutnant-Colonel der russischen Streitkräfte in Jüterbog (der 80.000 Mann vorstand) unterhalten, ob die Firma Papke Beton dort auf dem riesigen Gelände Sand abgraben durfte, nachdem ich Sandproben bei einem Labor in Holland hatte untersuchen lassen. Der Colonel sagte zu.

Ich habe in Magdeburg einen Vertrag für Kieslieferungen unterschrieben, damit Papke überhaupt Beton herstellen konnte.

Ich habe einen Spediteur gefunden, der auch Pflastersteine fahren wollte und ihn in Holland mit einem Verkäufer von gebrauchten Trailern (mit hydraulischem Kran zum Be- und Entladen) in Verbindung gebracht. Im Prinzip: Alles ihre Aufgaben, die sie nicht packte.

In der Planwirtschaft der DDR wurden alle Rohstoffe (gratis) angeliefert und alle Fertigwaren mit Lastwagen von der NVA abgeholt. Weil Zement als Rohstoff selten vorhanden war, saßen ihre Mitarbeiter zur DDR-Zeit bis zu drei Wochen pro Monat in der Kantine. Ein gutes Leben. So ging dies nahezu 40 Jahre lang. Die Arbeiter wollten es gerne prolongieren, denn es war ein nicht anstrengendes Leben gewesen. Ich habe es nicht aus dem Kopf der Firma verbannen können. Das „Umdenken" ist hier nicht gelungen.

Schade. Gut so.

Als Manfred Stolpe (ja, der) das Werk feierlich eröffnen wollte, sagte ich dem Betriebsleiter zwei Tage zuvor freundlich, was alles noch gemacht werden müsste, und händigte ihm ein Blatt Papier aus. „Da wische ich mein Arsch mit ab" sagte er.
Diese Gesamtmentalität aus der DDR, die man auch in 1991 nicht zur Seite gelegt hatte, hat seine Spuren hinterlassen; Frau Kinze glaubte immer noch, dass die 5 Mio. aus Bonn „geschenkt" waren. Wie käme man darauf die zurückzuzahlen? Es war „ihr Geschenk" vom Westen.

Schlussendlich waren die sechs Monate in Luckenwalde für das, was von mir und KVM geleistet werden sollte, viel zu schnell um und ich reichte meine Rechnung ein. Bescheidener als anfangs gedacht, weil ich auch Mitleid mit ihr hatte und die Endsumme war weniger als im Vertrag vereinbart.

Über eine bekannte Rechtsanwältin habe ich dieses Geld einholen müssen. Wofür ich mich schämte. Fünf Jahre später habe ich sie nochmal aufgesucht. Zusammen mit der Traudel. Und sie und ihren Mann zu einem Abendessen eingeladen. In einem schönen Lokal, einem Romantikhotel an der Landstraße zwischen Jüterbog und Luckenwalde. Sie hat nie einen Stein produziert. Ist von Bonn in eine Pleite gedrängt worden. Ihr Mann war Apotheker in Luckenwalde. Er hatte mir eines Abends das Holländerviertel in Potsdam gezeigt.

Sie waren in Gütergemeinschaft verheiratet. Seine totale Apotheke samt Vorräten wurde zwangsversteigert und der Erlös nach Bonn überwiesen, weil seine Frau die Planwirtschaft nicht loslassen konnte. Sie lebten, als wir sie in 1996 zum Abendessen trafen, vom Sozialamt. Genossen ein richtiges Essen. Eine große Schande.

Und ein tiefgreifendes, menschliches Desaster.

Meine Beratungstätigkeit habe ich auch verkauft an Paul de Winne. Er war Straßenbauunternehmer in der Nähe von Diest / Belgien und wollte ein Betonwerk eröffnen. Ich habe mit ihm sorgfältig die Produktpalette zusammengestellt und für die Fertigung die Maschinen ausgewählt. Er produziert z.B. die Kontragewichte, die an Baukränen von Liebherr und Potain & Co befestigt sind.

Und meinem Freund, Ir. Piet van Vugt; Eigentümer der Firma Schellevis Betonwerke in Diessen / Niederlande habe ich geholfen, seinen Export von großformatigen Platten in die BRD zu stabilisieren. Gute Kontakte; und Beratung unter Freunden, woraus schöne Produktpaletten mit interessanten Deckungsbeiträgen entstanden sind.

Mittlerweile schreiben wir Frühjahr 1993. Extrem viel Schmelzwasser und andauernde Regenfälle in Süddeutschland überfluteten Rheinufer-Straßen.

Mannheim, Koblenz, Andernach, Köln und Duisburg hatten Hochwasser, welches langsam aber stetig auch die Niederlande in den Griff bekam. Einige Betonwerke dort liegen an „großen Wasserstraßen", der Rohstoffanlieferung wegen. So auch die Firma Excluton in Druten. An der Waal, der eigentlichen Hauptader des Rheins. Das Werk, hinter dem Deich, drohte ins Wasser zu verschwinden.

Ich hatte dort, vor einem Jahr, die Verkaufsmannschaft während drei Tagen in seinem Werk intensiv trainiert mit dem Thema:
Wie verkauft ihr die Excluton Produkte zu besseren Preisen?
Alle Innen- und Außendienstler waren total voller Begeisterung und sprachen mit ihrem Chef, ob dieses „Brainwashing" nicht öfters, z.B. jährlich, gemacht werden konnte. Der Chef wollte es sich überlegen.

Ich rief ihn also an und wollte nachfragen,

ob wir eine zweite Session machen könnten. Er saß selbst in dem Moment auf einen Gabelstapler und spracht mit mir über sein Handy. Ich könnte noch heute Nachmittag anfangen, sagte er. Man hätte Hochwasser und „alle Mann wurden gebraucht". Ich bin am nächsten Tag hingefahren, war des Morgens um 08:00 Uhr da und bin bis Anfang 1999 geblieben.

Frans van Haren hatte, auch als Betonproduzent, keinen guten Ruf. Er hatte die Grundschule absolviert und fing sein Leben an als Gabelstaplerfahrer in einem qualitativ dubiosen Betonplattenwerk an seinem Geburtsort. Er kaufte alle Platten, die nicht 1A Ware waren auf und verhökerte sie des Abends an Händler. Mit einem Anhänger hinter seinem VW. So baute er sich einen Kundenstamm auf von etwa 1000 Personen in Holland. Und, jeder Geschäftsmann weiß, dass Kunden das Allerwichtigste im Leben sind. Ohne die geht nichts.

Eines Tages wurde er selbst Hersteller von Betonwaren. Ein Betonplattenwerk in Tegelen/Limburg sollte – gegen Geld vom Betonverein für die Besitzer –- „aus der Welt geschaffen" werden und van Haren bot sich zur Entrümplung mit seinen Männern an.

Er verschrottete nur das, was absolut nicht mehr brauchbar war, aber baute mit den Plattenpressen irgendwo anders ein eigenes Werk auf. Und belieferte seine Kunden, die ihm dafür dankten. Auf diese Art beschaffte er sich die Mittel, auch eine Steinformmaschine zu kaufen und in seinem Wohnort zu installieren. Bei den benachbarten Betonwerken kaufte er sich einen Betriebsleiter und einen Laboranten weg und fing an zu produzieren. Seine 1000 Kunden dankten ihm und nahmen seine Produkte ab. Er war nicht erfinderisch; er „kupferte nur ab". Reiste viel in der BRD herum und schaute sich dort Mustergärten namhafter Betonwerke an. Fotografierte dort verlegte Produkte, die vielleicht auch in den Niederlanden verkauft werden konnten. Und ahmte die nach. Viele ausländische Produzenten waren sich dessen überhaupt nicht bewusst und es folgten kaum Einwände gegen das Kopieren.

Als ich zu der Zeit des Hochwassers wieder bei ihm eintraf, baute er ein zweites Fabrikationsgebäude. Die Halle war noch nicht überdacht; die Steinformmaschinen und den Rest standen jedoch schon auf dem Vorfeld. Sowie auch die Betonmischer und sämtliche Transportbänder, Hub- und Senkleiter. Alles der Marke Henke. Meine erste Aufgabe war es, diese Maschinen hochzustellen, damit das kommende Wasser sie nicht berühren konnte. Wir stapelten Eisenbahnschwellen kreuzweise etwa 150 cm hoch als Plattform und stellten danach mit Autokränen die Maschinen drauf. Weil komischerweise die meisten Betonmaschinen ihre Elektromotoren an der Unterseite haben. Alles blieb trocken. Nach etwa 14 Tagen ging das

Hochwasser zurück und wir konnten die Maschinen in der Produktionshalle verankern: Die Produktion lief zwei Monate danach vorsichtig an. Der Ausstoß an Produkten belief sich nun auf mehr als 300% von früher und musste verkauft werden. Der Chef selbst zog persönlich mit an die Verkaufsfront und überließ mir die Produktion. Ich habe sie qualitativ so umgestellt, dass sie gleichzeitig auch dem Güteschutz entsprach. Die Produktion lief von dort an nach der neuesten europäischen Norm. Dies machte die gefertigte Produktion zwar etwas teurer, aber der Markt verlangte es. Und – siehe da – bezahlte dafür, denn man wollte gute Ware für sein Geld.

Auch der neue Firmenname kam gut an: Excluton. Eine Zusammenfügung von Exklusiv und Beton. Ich habe viele neu eingestellte Produktionsmitarbeiter geschult und motiviert, noch besser zu werden. Konnte an der Verkaufsfront jedoch nichts mehr bewegen, da meine ganze Zeit in der Produktion steckte. Ich übernachtete im Mövenpick in ‚s-Hertogenbosch; eine gute halbe Stunde vom Werk weg. Eine abwechslungsreiche Landstraße zwischen den „großen Flüssen" führte mich morgens und abends dahin. Es war ein gutes und schönes Hotel und die Anfahrt und Rückreise vom und zum Hotel eine natürliche Art zu entspannen. Ich arbeitete nur drei Tage in der Woche dort, um auch andere Kunden noch bedienen zu können. Dienstag, Mittwoch und Donnerstag. Dienstags um 03:30 Uhr zuhause weg, um 08:00 Uhr im Werk (450 km) und Donnerstagnachmittag gegen 16:00 Uhr fing die Heimreise an. Weil ich des Freitags mit dem Pendlerverkehr auf sämtlichen Autobahnen lieber nicht fahren wollte. Genauso des Montags.

Der Betriebsleiter im Hauptwerk, Henk, war zwei Wochen in Urlaub. Jawohl; mit dem Campingwagen und natürlich mit dem gehassten gelbem Zulassungsschild

in Frankreich. Der Frans van Haren rief mich morgens kurz nach 8 Uhr im Hauptwerk an: „ich bin in Emmen und ich möchte, dass du vor 10 Uhr hier bist". Ich fragte ihn, „wo liegt Emmen? Es gibt nämlich mehrere Emmen". Er sagte nur: „bei Hoogeveen rechts ab". Da wusste ich, dass er Emmen in der Provinz Drenthe meinte.
Er war grundlos verärgert, dass ich da erst um 10:15 Uhr ankam; nahm mich aus dem soeben betretenen Gesprächsraum, wo er und ein mir unbekannter Mann saßen, sagte mir: „schau Dir das Werk an und sag mir den Preis, wofür ich es kaufen soll ".

Ich lief durch die Produktion und sah in der Werkshalle nur verärgerte Gesichter; „schon wieder so einer, der uns kaufen will", dachten die bestimmt. Denn: das Betonwerk wurde zum Verkauf angeboten und es waren schon mehrere Interessenten vor Ort gewesen.
Ich habe Frans van Haren maximal drei Millionen ins Ohr geflüstert und bin zum

Hauptwerk in Druten an dem Fluss Waal zurückgefahren. Da ich mit der Nachtschicht noch einiges zu besprechen hatte, war ich um 22:15 Uhr noch da. Er stieg aus seinem Jeep, sagte mir: er hätte das Werk für knappe acht Millionen NLG gekauft und ich sollte ab morgen dahin, denn er „hätte keinen anderen". So wurde ich Managing Director im Zweigwerk Excluton Emmen. Und blieb dort 3,5 Jahre.

Man hört an meiner Sprache, dass ich aus einem Teil der Niederlande komme, welches auch „Holland" genannt wird. Das Dreieck zwischen Amsterdam, Rotterdam und Utrecht. Ich bin nun mal da geboren und zur Schule gegangen. Und ich habe dort meine Freunde gehabt. Auch von denen habe ich diese Sprache übernommen.

Wir kennen alle die Geschichte, wie Australien vor etwa 220 Jahren aus den überfüllten Gefängnissen in England bevölkert wurde. Wer die sechsmonatige

Seereise überlebte, war ein freier Mensch. Eine ähnliche Geschichte kennen die Niederländer auch. Nur war sie nie in unseren Geschichtsbüchern. Gefängnisse im Westen des Landes waren überfüllt mit überwiegend Seeleuten, die Huren in Rotterdam und Amsterdam ermordet, meistens volltrunken wohlhabende Menschen überfallen und Einbrüche mit Personenschäden im Hinterland verübt hatten. Eine bunte, internationale Gesellschaft. Franzosen, Briten, Skandinavier, Portugiesen, Griechen, Afrikaner und Südamerikaner.

Um das Gefängniswesen zu entlasten, bot die Regierung diesen Menschen an, in der Provinz Drenthe fünf Jahre Torf zu stechen. Nach den fünf Jahren war man frei. Drenthe grenzt östlich an das Bourtanger Moor im Emsland, zwischen Papenburg und Meppen. Viele Torfstecher sind nach den fünf „Pflicht"-Jahren dort geblieben, haben irgendwelche Frauen geheiratet und

Kinder bekommen. Sie wohnten primitiv in Torfhütten. Durch diese sehr unterschiedliche Herkunft der Menschen gibt es kein Drenthe-DNA-Profil wie bei den Friesen. Diesen – auch niederländischen – Volksstamm findet man entlang der Nordseeküste von Esbjerg in DK bis Saint Nazaire in Frankreich. Alle mit einem friesischen DNA-Profil. Und die Friesen haben in den Niederlanden eine eigene, und anerkannte Sprache, die ich weder verstehe noch schreibe.

Wenn man, gebürtig aus dem Westen der Niederlande, hier „niederweht", ist man auf schier verlorenem Posten. Die Vorfahren der Drenthen haben noch vor weniger als 150 Jahren über ein reiches Angebot an Kanälen ihre schwer beladenen Torfschiffe gen Westen geschleppt, mit purer Manneskraft. Denn: Pferde hatte man nicht. Die waren zu teuer. Das Zugseil um ihre Mitte gebunden oder über die kaputte Schulter. Ziehen. Immer vollbeladen und mit stumpfem Bug gegen den rücksichtslosen harten Südwestwind, der kein Mitleid kannte.

Und gegen den Regen, der manchmal horizontal aus Südwest flog. Besonders im Herbst, als die Holländer ihre Torf-Vorräte auffrischen wollten im Keller. Damit meine Vorfahren „warm" saßen im Winter. Ihre Vorfahren bekamen dafür nur (ein niederländisches Sprichwort) einen Appel und ein Ei. Also: verdammt wenig. Dies wurde mir, als „Holländer" bis dato und hier in diesem Werk nicht vergolten. Und so hatte ich von Stunde Null an einen verdammt schwierigen Stand diese Menschen zu führen. Es ist mir trotzdem gelungen, eine Mannschaft aus diesen Einzelgängern zu schmieden; wir produzierten auf unserer Henke-Steinformmaschine mehr als die baugleichen Maschinen im Hauptwerk. Und wurden vom Chef denen als Vorbild dargestellt. Ich habe die Gelegenheit genutzt, „meinen" Mitarbeitern an einem Tag das Hauptwerk zu zeigen. „Damit man wisse, unter welchem Regenschirm man arbeite". Ein Charterbus voller mir unbekannter Leute, mit mir, die – hinten im Bus – Marihuana rauchten. Die habe ich mir gemerkt und die sind – später – auch geflogen. Aus einem anderen Anlass natürlich. Weil der Konsum von Marihuana in den Niederlanden nicht als Straftat zur Entlassung führen kann. Auch hier – in diesem Werk – gab es also faule Äpfel im Korb. Zuletzt hatte ich zwei Produktionsschichten, die gut besetzt waren und die auch wirklich mehr Produktion brachten als wir gemeinsam budgetiert hatten. Die frühere dritte Schicht wurde als Reinemache-Schicht in der Nacht ausgebaut. Alles lief. Nur der Verkauf stockte.

Der konnte in diesem wirtschaftlich nach dem 2. Weltkrieg doch etwas sehr zurückgebliebenen Gebiet besser sein. Jedoch der Bedarf war leider nicht da. Zu dünn besiedelt ist diese ganze Gegend. Und arm. Und es fehlt an Industrie. Ich habe angefangen, von Emmen aus zu exportieren in die BRD. Ins – ebenfalls menschenleere – Emsland. Und habe junge deutsche Menschen dazu ermuntert, unser Händler zu werden. Mit für sie interessante Handelsspannen. Es hat nur vorübergehend geholfen, das Werk aus den roten Zahlen zu ziehen. Man kann Beton nur wirtschaftlich über eine Distanz von maximal 80 Kilometern verfrachten. Danach legt man Geld drauf.

Die Löhne, die ich hier bezahlte, waren ebenbürtig denen vom Hauptwerk. Man verdiente also „gut". Trotzdem hielt unsere Putzfrau, die jeden Abend die Büroräume reinigte, es für nötig, ein Bordell zu öffnen mit zunächst drei Damen. In einer anderen Stadt. Schlecht war es, dass gerade sie verheiratet war mit meinem Vormann im Werk. Ich habe sie für den Hurenkasten entlassen müssen, was meinem Vormann überhaupt nicht gefiel. Böses Blut setzte. Auch die Gewerkschaft hatte ich damit auf dem Dach. Weihnachten 1998 bis Neujahr lag das Werk still; wir hatten unser Produktions-Budget fürs Kalenderjahr 98 überschritten. Ich war zuhause in Oberstedten. Die Gewerkschaft hat in einem großen Saal von dem Hotel, Tulip Inn ten Cate, wo ich schon drei Jahre gewohnt hatte (und dies auch für das nächste Jahr vorhatte) während dieser Zeit eine Versammlung belegt, bei der alle Mitarbeiter – ohne den Laboranten – vollständig anwesend waren. Und man hat nach einer üppigen, von der Gewerkschaft bezahlten Mittagmalzeit mehrheitlich beschlossen, mich abzusetzen. Das Haupt der Meckerkolonne war die Putzfrau.

Als ich am 7. Januar 1999 ins Werk zurückkam war der Besitzer Frans van Haren überraschenderweise da und überbrachte mir die total nicht vermutete Nachricht. Für mich aber kein Problem; ich wäre gerne noch ein ganzes Jahr dort geblieben, aber es kam nun mal anders.

Ich bin noch am gleichen Tage bei Tageslicht (eine Ausnahme in dieser

Jahreszeit!) und in bester Laune zurückgefahren nach Oberursel und habe abends die Traudel zu einem schönen Abendessen in der noch weihnachtlich geschmückten Saalburg eingeladen.
Der Vertreter wurde von dort an Allgemein-Direktor und mein Vormann stieg auf zum Betriebsleiter.
Kaum anderthalb Jahre später waren sie pleite.

Viele niederländische Betonwerke waren zwischenzeitlich aufgekauft. Von europäischen Zementherstellern sowie von Grubenbesitzern. Aus der Schweiz, die Gebrüder Jungheini von Holcim, aber auch aus Irland, die Amey Roadstone Ltd.
Man machte dies damals aus Gründen der „vertikalen Integration", wie man sagte. Ich habe dies nie begriffen, weil die aufgekauften Betonwerke nie die Produkte ihrer Eigentümer verarbeiteten. Auch Frans van Haren verkaufte seine Werke an ein deutsches Konglomerat, bestehend aus vier deutschen

Zementherstellern. Ein Jahr zuvor hat er mit mir darüber nur oberflächlich gesprochen; auf dem letzten Teilstück vom Flug Singapore – Amsterdam. Wir waren in 11 Tagen rund um die Welt geflogen und hatten 15 namhafte Betonwerke besucht, auf unserer Suche nach neuen Produkten. Die Neuigkeit des anstehenden Verkaufs sollte ich für mich behalten; es durfte niemand in den Werken wissen.

Und dann kam es doch noch plötzlich. Besuch von vier Zementherstellern aus der BRD. Ein Tag der „offenen Türe" im Hauptwerk. Da ich der Einzige war, der ein wenig deutsch sprach, war ich Zeremonienmeister. Und musste die Zementbosse in einem Schloss in Mook abholen, wo man konferiert hatte. Mit einem Vintage London Doppeldecker Bus, der nicht auf die Autobahn durfte. Ich habe an dem Tag mein Bestes gegeben für die Firma. Der „deal" war gemacht.

Er teilte anschließend den Erlös mit seiner Gattin, ließ sich von ihr scheiden und siedelte sich zunächst in Singapur an. Als 45-jähriger betuchter Rentner. Die Firma Excluton wurde danach von mindestens acht „zwischenzeitlichen Interim-Managers" geführt. Mindestens acht. Angestellt vom besitzenden Zementkartell. Nach knapp zehn Jahren kam man dahinter, dass „man es nicht konnte" und bot Frans van Haren seine früheren Werke zum Kauf an. Er kaufte alles zurück. Zu weniger als ein Sechstel des Preises, wofür er es verkauft hatte. Menschen wie mich stellt er nicht mehr ein. Wenn man bei ihm einen Berater-Job haben möchte, soll man Aktionär werden und ohne Bezahlung und Kostenvergütung dort für den Kurs der Aktie schaffen. Die Zeiten haben sich (durch die eingenommenen Millionen) geändert.

Wenn man sich also nochmal für maximal ein Jahr „engagieren" wollte – wie ich, weil ich 65 Jahre alt werden wollte in der

Betonbranche, bevor ich in Rente ging –
bei Betonwerken in den Niederlanden,
dann war die Spülung durch diese
Aufkauf-Welle der Zementwerke und
Grubeneigentümer „dünn" geworden.
Denn bei den von ausländischen
Besitzern geführten inländischen
Betonpflastersteinwerken hatte man das
„alles umfassende Know-How", welches
ich in meiner Unternehmungs-Beratungs-
Firma täglich verkaufte.
Und die haben es sicherlich ab sofort in
den neu erworbenen niederländischen
Betonpflastersteinwerken angewandt.
Ohne Zweifel. Bei denen konnte ich also
nichts mehr werden.

Aber: es gab noch ein paar Möglichkeiten
in den Niederlanden. Da gab es noch
zwei oder drei, die „noch nicht verkauft
waren". Ich rief Benny Rouweler an und
machte mit ihm einen Termin für den
nächsten Tag. 10:00 Uhr da, sagte er.
OK. Er war in dem Privatmarkt der größte
Konkurrent von Excluton. Ich war
zuhause um 04:00 Uhr weg und hatte

unterwegs wegen Zeitmangel nicht gefrühstückt.

Benny Rouweler, als Person ein sehr angenehmer Mensch, hatte ein ihn ständig nervendes Problem; er „verschliss" alle sechs Monaten einen Betriebsleiter. Dies lag nicht an den Betriebsleitern, sondern an ihm selbst, stellte ich später fest. Obwohl er ein größeres Betonwerk mit etwa 20 Millionen NLG Umsatz hatte, schaffte er alle Tage selbst noch wie ein Arbeiter. Er war nie in seinem Büro. Machte sich also auch nicht um innerbetriebliche Strukturen, neue Märkte, andere Produkte und dringend notwendige Zukunftspläne usw. Sorgen. Als Besitzer war er immer und nahezu überall ständig ein Verlierer. Und seine Betriebsleiter, Chef des Technischen Dienstes und der Laborant, konnten sein tägliches Verhalten ihnen gegenüber nicht mehr leiden. Die kündigten. In meinem dreiviertel Jahr dort zwei Mann.

Rouweler hatte mich auch ganz anders seiner Mannschaft vorgestellt als ich ihn informiert hatte. „Ich wüsste ALLES von Maschinen" hat er behauptet. Dies stimmte genauso wenig wie seine Aussage, dass ich einen totaldichten Beton herstellen könnte. Er hatte einfach nicht vollständig zugehört in meinem Bewerbungsgespräch bei ihm. Er war wahrscheinlich von den tagtäglichen Problemen abgelenkt während unserer Konversation. Auf jeden Fall wollte er zuerst noch seinen Aufsichtsratsvorsitzenden fragen, bevor er mich als Berater engagierte. Der fand es OK; auch meine Gehaltsvorstellungen und die Tatsache, dass ich nur drei Tage in der Woche dort sein würde. Und ich fing im März 1999 da an.

Der Herr Rouweler hatte über die Jahre sein Ansehen bei seiner Mannschaft total verspielt. Sie lachten nur noch um ihn. Zwar heimlich und nicht ins Gesicht. Und wenn so eine Situation schon Jahre lang vor sich hin glüht, dann ist es nahezu unmöglich, ihr ein Ende zu bereiten.

Es sei denn, man „schasst" den Besitzer.

Natürlich nicht an den Orden.

Ich habe mit seinen Mitarbeitern auf „Schlüsselpositionen in der Firma", wie z.B. dem Chef vom technischen Dienst, dem Betriebsleiter und dem Laborant über dieses Respekt-Problem gesprochen. Des Abends, nach Arbeitszeit. Mit jedem einzeln. Bei einem kleinen Essen in der Dorfkneipe in Rijssen. Ich lud ein. Sie allen kannten das Problem seit langem. Und litten auch unter der zu schwachen Führung. Aber hatten sich „angepasst". So sagten sie es. Und ich wusste in dem Moment nicht explizit, was sie mir damit sagen oder bedeuten wollten. Denn: auch mir gegenüber hatte man (noch) nicht das Vertrauen, welches ich mir zuerst erarbeiten musste. Es war alles noch zu frisch.

In Zusammensprache mit diesen Verantwortlichen habe ich dann später den Beschluss gefasst, den Respektlosen in der Firma zu raten, die Firma zu verlassen und andere Arbeit zu suchen. Mehrere Personen sind meinem Rat gefolgt. Dafür habe ich aus der übrig gebliebenen Mannschaft diese Posten neu besetzt. Von Beruf Gabelstaplerfahrer als Maschinist an der Steinpresse eingesetzt und Steinsortierer zum Gabelstaplerfahrer ausbilden lassen. Dies hat Produktion gekostet. Denn aller Anfang ist schwer.

Und ich habe mit Herrn Bennie Rouweler gesprochen. In einem besseren Restaurant. Des Abends. Ich glaube nicht, dass dieses Gespräch irgendeinen Eindruck hinterlassen hat. Er war einfach unverbesserlich. Er meinte, er „könne alles". Der hatte mittlerweile seinen ältesten Sohn in die Firma geholt. In die Verkaufsabteilung. Wo er eigentlich nicht gebraucht wurde. Das wirkliche Problem lag in der täglichen Begleitung und Coaching der Produktionsmannschaften. Dies hätte der Sohn oder ein neuer Aktionär anpacken sollen. Es kommt für den Eigner irgendwann der Moment in der

Wachstumsphase, mit dem Delegieren in seinem Personalbereich anzufangen und nicht mehr selbst von früh bis spät „mit allem" beschäftigt zu sein. Dieser Punkt war schon vor vielen Jahren von ihm überschritten worden. Er sah es heute immer noch nicht ein.

Wir haben die Sommerferien (drei Wochen) benutzt um die Maschinen zu überholen. Dafür brauchte ich zusätzliches Personal. Das kam von einer Zeitarbeitsfirma aus der BRD. Mit Einschaltung der eigenen Menschen, die freiwillig ihre Ferienzeit opferten. Unter der begeisterten Leitung von Hubertus, dem Betriebsleiter. Ein super Kerl. Alles gemacht nach meinem Serviceplan-Vorschlag. Die Maschinen liefen nachher problemloser. Eine große Sorge weniger.

Dies „alles" jedoch machte mein letztes aktives Stadium kurz vor meinem 65. Geburtstag nicht einfacher in dem von mir geliebten Industriezweig. Denn ich hatte (eigentlich zum ersten Mal in meinem Leben) das Gefühl, hier gegen

Windmühlen zu kämpfen. Wie Don Quichote de la Mancha. Ohne Aussicht auf irgendeinen Erfolg. Das Nächste, was passierte, gab meinem Verbleib hier den KO-Schlag:

Es wurde – wiederum – ein neuer Betriebsleiter angestellt. Von Herrn Rouweler. Dieser hier kam aus der Textilindustrie. Und kannte sich anscheinend perfekt aus mit der Herstellung von Herrenunterhosen. Führte als Erstes eine Art von Stasi-Überwachung ein. Jeder sollte jeden bewachen bei der Arbeit und – so möglich detaillierte – Notizen machen, wenn Fehler in der Produktion passierten.

Diese handgeschriebenen Mitteilungen wollte er jeden Tag als Erstes haben. Es ist mir total unbekannt, wie lange dieser Mensch es dort geschafft hat. Und es ist mir auch total Schnuppe. Er war ein Fehlgriff.

Fazit: Das Wenige welches ich in neun

Monaten unter Mitwirkung des gesamten Produktionspersonals in zwei Schichten erreicht hatte, war bald dahin.

Ich habe Herrn Rouweler am 20. Dezember 1999 einen Kündigungsbrief geschrieben und ihm diesen am 22. Dezember persönlich ausgehändigt. Es war eine lehrreiche Zeit, die für beide Parteien leider wenig gebracht hat. Drei Tage später wurde ich 65 und konnte eine neue Zeit nach einem arbeitssamen Leben beginnen;

die Pensionierung!

AB 2000:

Meine Traudel und ich sind mehrfach im Engadin in Graubünden im Urlaub gewesen. Das alles verdanken wir Guido von Trentini und seiner Mutter Adi, deren Vorfahren sich vor dem 2. Weltkrieg in Celerina angesiedelt hatten und Schweizer Staatsbürger geworden sind.

Als erstes machten wir dort Urlaub mit der lieben Familie aus München und Hannover. In einer Art von Nissen-Hütte in unmittelbarer Näher der Kirche in Celerina / Graubünden. Ich höre noch das Glockengeläut. Das Haus hatte auch einen Namen, den ich vergessen habe. Es war ein halbrund gebogenes Haus, gebaut aus grünem Wellblech.

Jedoch auch sehr oft mit Freunden. So auch mit Antraud Ashölter oder Knud Anker Rasmussen aus Dänemark, meinem langjährigen Freund und Pflastersteinhersteller. Wir mieteten immer Wohnungen aus dem Internet; meistens in Celerina. Traudel bersorgte dies perfekt. Und wichen nur auf andere Orte aus, wenn Celerine „belegt" war.

Bei einem Abendspaziergang sahen wir beide in einem Neubauviertel bei der Tiefgarage des Städtchens Celerina, unweit Sankt Moritz, eine Pflasterung des Garage- und des Hauseinganges mit einer Art von Matten. Kleine schwarze Pflastersteine aus Beton, die durch eine Art von Matte, bestehend aus Kunststofffäden, zusammengehalten wurden. Am nächsten Morgen, als die Arbeiter wieder dort waren, habe ich nachgefragt, wo diese Matten herkamen. Dies wussten die Italiener nicht. Aber der Architekt würde heute Nachmittag kommen und ich könnte ihn fragen. Der Architekt wusste auch nicht viel; er konnte aber sagen, dass die Platten von einer Firma in Basel importiert wurden, aus Holland, und dass der Preis frei hier

– Celerina – bei 90 CHF / m² lag.
Ein stolzer Preis. Und in Holland müsste doch aufzuspüren sein, wer so etwas herstellt. Gesucht, gefunden. Wir haben einen Termin in Wijchen gemacht und mit einem der Eigentümer, Hent, gesprochen. Nein.
Für Europa hatte man bereits in allen Ländern eine Lizenz vergeben. Aber die USA waren noch frei. Eine Produktion wollte man uns nicht zeigen. Mein Freund war, mit seiner Frau, mit dem Auto in Holland. Und wollte seinen in Zwolle wohnhaften ältesten Sohn, Lars, noch besuchen.
Aber kurz danach haben wir uns entschieden, eine „bessere" Matte als die, die wir in Celerina für SFR 90 / m² gesehen hatten, zu konstruieren, und K.A. wollte dafür einen DK Patentantrag schreiben.

Dies hat er auch mit Erfolg getan und ihm wurde ein dänisches Patent erteilt. Knud Anker würde für die Technik sorgen und ich kümmerte mich um den kommerziellen Teil. Zielsetzung war es, Lizenznehmer weltweit zu finden, diese vor Ort zu begleiten, bis die Produktion stand, einen bestimmten Prozentsatz der Verkäufe ab Produktionsstätte zu verlangen, um unsere Kosten zu decken.

Anfallende Kosten in dieser Anlaufzeit würden wir 50 / 50 teilen. Wir haben eine ABC-Mats GmbH mit Sitz in 61440 Oberursel gegründet. Und bei einem Notar in Hamburg, den K.A. kannte, einen Namensschutz für unsere Matten beantragt und – zunächst – für Europa bekommen. Für die ganze Welt war es zu teuer. Wir hatten noch gar nichts verkauft und hatten schon erhebliche Ausgaben gemacht. Die dänische Firma KVM AS in Kjellerup, mittig in Jütland und nördlich vom bekannten LEGO-Werk angesiedelt, war gut befreundet mit K.A. und wollte für uns eine Produktionsmaschine bauen. Ein Franzose, unweit Lyons an der Rhône, versorgte uns mit Polyester-Formen und eine weltbekannte Garnfirma in Gescher / NRW machte für uns die vorgestanzten Netze, worauf später die in „selbst verdichtendem Beton" gegossenen Matten mit Einzelsteinchen von maximal $10 \times 10 \times 4$ (L × B × H) cm in diversen Formierungen angeordnet waren. Die gegossenen Matten hatten eine 1 cm dicke weiße Oberschicht mit Natursteinrelief und einen grauen Unterbeton aus 3 cm und härteten währen 24 Stunden aus. Die Formen wurden dann entleert und die Matten – zwei nebeneinander – auf Europaletten 120×80 cm. gestapelt.

Ich wollte alle Zulieferanten für diese Neuentwicklung in „selbstverdichtendem Beton" in einen „europäischen think-tank" zusammentragen; um so zu Produktverbesserungen zu gelangen und es bei allen künftigen Kunden als bevorzugter Privatlieferant unterbringen. Alle Parteien wollten dies ebenfalls. Waren begeistert.

Der europäische Gedanke stand im Vordergrund. Rohstoffe für die Deckschicht der Matten – Carrara

Marmor in einer sehr ausgewogenen Sieblinie – aus Italien, Weißzement vom hauseigenen Lieferanten, Netze für die 120 × 40 cm Matten aus Deutschland; Kunststoff-Spezialformen aus Frankreich, die Produktionsmaschine aus Dänemark. Europaletten für den Transport aus Luxemburg.

Wir hatten regelmäßig Kontakt zu diesen Lieferanten und ließen einen farbenfrohen Prospekt in der Form eines Flyers drucken in sieben Sprachen. Bei einer französischen Firma im Burgund fanden wir einen in „wetcast" interessierten Menschen, der gewisse Artikel für den französischen Gebäude-Restaurierungsmarkt produzierte und für uns in unseren Formen Muster gießen wollte. Auch den haben wir des öfteren mit meinem PKW besucht und von ihm produzierte Muster mit nach Hause genommen.

KVM, und namentlich Herr Kjeld Andersen, öffnete sein Werk in Kjellerup für interessierte ABC-Mats-Kunden. Die flogen nach Bilund (dem Flughafen von

LEGO) und wurden dort abgeholt. Eine „Null-Serie"-Produktionsmaschine konnte da in Betrieb besichtigt werden. Und KVM stellte uns, ABC-Mats GmbH, einen Teil des Standes auf der Münchner Bauma 2004 gratis zur Verfügung. Leider ist aus all dem nichts geworden. Ich hatte mehr als 2.000 potentielle Kunden weltweit angeschrieben.

Im Nachhinein denke ich, dass eine gute Präsentation, eine eigene Website im Internet uns bessere Ergebnisse geliefert hätte. Es könnte aber auch sein, dass wir mit dieser Erfindung einfach zu früh waren. Der Absatzmarkt noch lange nicht „reif" für solch ein innovatives Produkt. Wir, Knud Anker und ich, haben Glück und Gegenschlag, Freude und Traurigkeit und hohe Kosten gemeinsam geteilt. Die Sache ist beerdigt und wir sind immer noch gute Freunde. So wie es sich gehört.

DIE TRAUDEL

Es wurde bei einer normalen, fünfjährigen Darmuntersuchung festgestellt, dass die Traudel Darmkrebs hatte. Im unteren Trakt des Dickdarms. Und dass eine OP – obwohl nicht leicht – wünschenswert wäre. Das fanden wir auch. Die Traudel hat mir ein Bild gezeigt, welches bei der Untersuchung in Königstein gemacht war. Man sah deutlich eine Ausstülpung der Darmwand. Wir haben gemeinsam mit drei Chirurgen ein Gespräch geführt. In Bad Soden, in Frankfurt und in Bad Homburg. In den Prof. Dr. in Bad Soden hatte Traudel das größte Vertrauen und dort ist sie von ihm operiert worden. Da der Eingriff fast am Ende des Dickdarms stattfand, musste sie etwa sechs Wochen ein Stoma haben. Dies hat sie perfekt bei sich selbst versorgt. Nach sechs Wochen wurde dieses Stoma zurückgelegt und der Enddarm wieder aktiviert. Die Traudel war auf dem richtigen Wege der Besserung. Bis sie am 30. April 2017 Bauchschmerzen bekam.

Ungewohnt heftig. Sie schaute im Fernsehen immer gerne Krimis. Nicht mein Ding. Ich ging also meistens früher als sie zu Bett. Kurz vor Mitternacht. Ich war im ersten Tiefschlaf und habe nur gehört, wie sie vor dem Bett gestürzt ist. Als ich wach wurde, lag sie schon im Bett und erzählte mir von ihren Schmerzen. Ich habe ein Glas Wasser für sie geholt und eine warme Bettflasche für sie gemacht. Die Schmerzen ließen jedoch nicht nach. Nach Absprache mit ihr habe ich die 112 angerufen und gefragt, ob sie ohne Blaulicht und Martinshorn zu uns kommen würden. Zwanzig Minuten später waren die da. Zwei Mann in Arbeitskleidung und einen großen Koffer dabei.
Hier habe ich den ersten Fehler gemacht; ich hätte einen Notarzt bestellen sollen. Beide Männer haben die Traudel im Morgenrock heruntergebracht und sie ist

zum Krankenwagen gelaufen, Es dauerte etwa 20 Minuten, bevor der wegfuhr. Die Diskussion, die sich darin abgespielt hat, erzählte sie mir am nächsten Morgen. Die Männer durften nicht in ein beliebiges Krankenhaus fahren. Sie mussten die Traudel nach Bad Homburg bringen; nirgendwo anders hin.

Hier liegt mein zweiter Fehler. Ich hätte die Traudel in den Tiguan setzen und nach Bad Soden fahren sollen. Nur da hatte man alle ihre Unterlagen und kannte man sie als Patient. Ich habe die Traudel am 1. Mai noch vor 09:00 Uhr in Ihrem Zimmer – wo sie alleine lag – in Bad Homburg besucht. Es war eine abgegrenzte Abteilung, wo man Schutzkleidung tragen musste.

Sie lag an mehreren Leitungen, die in ihren Venen mündeten. Ich habe aufgeschrieben, was ihr zugefügt wurde, und dies an meinem Bruder Felix per Email weitergeleitet. Es war alles in Ordnung; alles, was sie in dem Moment brauchte, wurde ihr zugeführt. Der 1. Mai ist ein beschissener Tag in Deutschland;

besonders in einem Krankenhaus. Da wird lediglich nur das Allernotwendigste gemacht. Und das auch noch ungerne. Erst am 2. Mai läuft die Organisation im Krankenhaus wieder an. Ich habe die Traudel am 1. Mai zweimal besucht; morgens und am Ende des Nachmittags. Sie war ruhig und wollte unbedingt morgen den Scan machen lassen, der Auskunft geben konnte über ihre Schmerzen. Nach dem zweiten Besuch sind wir so verblieben, dass sie mich anrufen würde nach dem Scan. Der Anruf ist nie gekommen.

Sie hat morgens, kurz nach 07:00 Uhr noch auf den Anrufbeantworter gesprochen; ich habe die Aufzeichnung in meiner Hastigkeit leider gelöscht, bevor ich sie abhören konnte. Weiß also nicht, was sie mir noch sagen wollte vor dem Scan. Gegen 13 Uhr ging das Telefon. Eine Bad Homburger Nummer. Mit wem man spreche? In welchem Verhältnis ich zu Frau Dehning stehe? Es war der Arzt, der bei ihr war, als sie starb. Er hat unsere Telefonnummer in Bad

Soden bekommen.

Ich kann nicht beschreiben, was ich in den Stunden danach (und heute wieder, wo ich dies schreibe) in mir selbst festgestellt habe.

Ich habe als erstes meinen Bruder Felix angerufen. Er war als Allgemein- und Onkologie-Chirurg derjenige, der die Traudel in der ganzen Zeit vor, während und nach der Operation intensiv begleitet hatte. Er sagte mir nur, ich soll ruhig bleiben und vorsichtig fahren.

Ich bin zum Krankenhaus gefahren und musste warten, bis ich in einem „Abschiedsraum" gelassen wurde. Da war eine Pflegekraft und ein schweigender Arzt. Die Traudel lag aufgebahrt und war noch warm.

Ich will besonders gerne und hier etwas ausführlicher über diese ganz besondere Frau festhalten:

Ich habe sie an Weihnachten 1985 kennengelernt. Da war sie gerade noch 32 Jahre alt. Die Zeit davor hat sie ohne mich verbracht und darüber kann ich nur etwas über Bildern und Schriftstücke festhalten.

Sie war die Mittlere von drei Geschwistern; alle 4 Jahre auseinander. Ich, als Ältester, habe immer nur meinen Vater als Vorbild gekannt. Meine jüngeren Brüder haben aber oft mich als Vorbild gesehen. So auch bei der Traudel; ihre ältere Schwester Bärbel war die Person, die sie gerne aufsuchte. Die jüngere Schwester Gundel war weniger interessant. Und ihre Oma mütterlicherseits in Schlierbach (bei Wächtersbach und Gelnhausen) liebte die Traudel. Ihren Großvater auch, aber besonders ihre Großmutter, Oma Deile. Sie war da eigentlich jeden Sommerurlaub. Weil sie ihre Mutter – insbesondere wegen ihrer hitlerfreundlichen Einstellung zum 2. Weltkrieg, aber auch wegen ihrer unvernünftigen Ankäufe – zum Beispiel

Erdbeeren im Winter nicht mochte.
Als heranwachsendes Mädchen war
Traudel unsicher. Zunächst ist sie in der
kirchlichen Atmosphäre der evangelische
Kirche mit Gleichgesinnten in
Kurzurlaube gefahren. Von vielen
Freunden hat sie damals Ermunterungen
in Schriftform bekommen. Kleine
Prosastücke, gut gemeinte Gedichte und
Büchlein. Ob dies alles ihr geholfen hat,
ist mir unbekannt. Natürlich hat sie diese
Worte gelesen; ob die ihr geholfen
haben, bezweifele ich. Eigentlich alle
Sommerferien verbrachte sie in Omas
Nähe. Mit 17 Jahren ist sie von zuhause
weg. Und wurde von ihrer Großmutter
liebevoll aufgenommen. Ging auch dort
zur Schule. Sie hat während der
Sommerferien für die Grabpflege
deutscher Soldaten im Ausland gearbeitet
und dort junge Männer kennen gelernt.
Eine erste große Liebe fand sie in einem
jungen Menschen aus Bratislava. Aus der
Zeit liegen heute noch Geldscheine in
einem Umschlag. Bis sie ihr Abitur
machte, hat sie auch als angehende

Krankenschwester im Krankenhaus in Bad Orb gearbeitet. Und um ihr Taschengeld aufzubessern als Kassiererin in einem Lebensmittelgeschäft. Leider hat sie nie viel darüber erzählt. Ihr Vater war ausschließlich ihr leiblicher Erzeuger; als engagierter Vater dreier toller Töchter hat er – für alle drei – nie richtig funktioniert.

Die Traudel hatte – von Anfang an – den Willen, in der sie umringenden Gesellschaft mindestens gleichberechtigt zu sein. In allem, was sie tat. Ich dachte anfangs: Sie ist eine Frau mit Haaren auf den Zähnen (so sagt man es zumindest auf niederländisch). Jedoch dabei konnte sie auch zart und einfühlsam sein. Sie zeigte ungerne ihre Emotionen; das war etwas für Weicheier.
Sie gründete ihre eigenen GmbHs um „den Rest" zu zeigen, dass sie es konnte. Zunächst die OASE (wo ich sie kennenlernte) und später die BRANTA. Erfolgreich waren die GmbHs im Nachhinein leider nicht. Es ist wirklich

bewunderungswert, dass sie im IT-Bereich immer wieder neue Lösungen für bestehende Probleme gesucht und vermarktet hat. Und immer wieder neue Kunden gefunden hat. Und dass sie damit Geld generierte, welches dazu gedient hat, sowohl ein Haus (Auf der Platte 3 in Oberstedten) als auch eine Wohnung (Mariannenweg 42 in HG) zu finanzieren. Alleine diese Gesamtsumme von netto 1,25 mio DM hat sie über die Raiffeisenbank in weniger als 30 Jahren abgelöst. Und anfangs dafür sehr hohe Zinsen bezahlt. 10% waren damals „normal".

Dabei hatten wir in Oberstedten ein Haushaltsportemonnaie. Worin jeder die Hälfte einzahlte. Meistens an Samstagen, bevor wir gemeinsam auf den von schönen Platanen beschatteten Wochenmarkt in Alt-Oberursel fuhren und gemütlich für das Wochenende einkauften. Sie konnte – generell – sehr gut mit Geld umgehen und hat mich des öfteren auf Auslandsreisen eingeladen. Was ihr zur Verzweiflung gebracht hat, waren mehrere Sachen:

Ich schreibe diese Sachen nieder, ohne die Prioritäten der Traudel zu kennen; darüber hat sie mit mir nie gesprochen. Da war z.B. der Mietrückstand der Frau Rode. Mieterin ihrer Wohnung 008 in HG. Die hatte einen Job in Bad Homburg und wurde dort gekündigt. Davon hat sie – auch nach knapp zwei Jahren nicht – weder der Traudel noch ihre Eltern in Rüsselsheim erzählt. Die besuchte sie am Wochenende mit einem strahlenden Gesicht, als ob nichts passiert sei.
Bei der Traudel blieben die monatlichen Zahlungen der Miete aus. Manchmal kam die Rode an unserer Haustüre und zahlte etwas in Bar; jedoch nie den Anfang des Monats fälligen Betrag. Also schaltete Traudel einen Rechtsanwalt ein. Klaus Heck. Der schrieb Briefe, aber an dem Zahlungsverhalten änderte sich bei Frau Rode nichts.
Auf Korrespondenz antwortete sie nicht und ihr Telefon nahm sie nicht ab. Die Türklingel hatte sie abgeschaltet und ihre

Rollläden waren, auch tagsüber, zu. Die Schuld belief sich mittlerweile auf über € 20.000,00, bevor das Amtsgericht in Bad Homburg, Frau Rita Schultheiß-Schill, Obergerichtsvollzieherin, endlich einschritt. Eine persönliche Vernehmung wurde vom Amtsgericht für Donnerstag, den 11. Mai 2017 um 09:00 Uhr angesetzt. Da war die Traudel schon verstorben.

Eine Zwangsräumung wurde erst nach Traudels Ableben durchgeführt. Damit dies stattfand, musste ich zuerst € 4.000,00 an das Amtsgericht überweisen. Die Traudel hat davon leider oder Gott sei Dank nichts mehr mitbekommen. Und bei der Schuldnerin war im Nachhinein nichts zu holen. Nur die Höhe der Mietkaution wurde von ihrer Versicherung zurückgezahlt. Ich habe die Wohnung auf meine Kosten renovieren lassen. Sie hatte Kaninchen in der Wohnung gehalten und der Zustand war wirklich erbärmlich. Die Tiere hatten ein Loch im Fußboden gegraben. € 10.000 hat es gekostet, um es wieder einigermaßen gut aussehen zu lassen.

Da war die Sache mit ihrem Doktor. Voller Begeisterung hatte sie damit angefangen und sich sogar einen Professor gesucht, der sie begleitete. Und eine Übernachtungsmöglichkeit in der Nähe der Universität Heidelberg. Bei netten Leuten am Neckarufer. Etwa zwei Jahre nach Anfang des Studiums hat sie erfahren, dass sie „zu alt" sei für eine Lehrstelle an einer Hochschule. Sie hat es kaum wegstecken können.

Ein anderer Grund, der sie äußerst genervt hat, war der pompöse Bau direkt hinter ihrem Grundstück. Sogar teilweise anlehnend daran. Ahnungslos sind Gisela Weber und die Traudel vorgeführt worden von einer rothaarigen Dame, die die Lebensgefährtin des Bauherrn zu sein schien, und mit ihm, obwohl er schwul ist, einen lästigen, etwa vierjährigen Sohn hat. Auch das Oberurseler Bauamt konnte keine Auskünfte über das

Bauvorhaben geben. Vorher stand da ein niedliches Häuschen und da wohnten nette Menschen drin. Jetzt kam ein Bauherr mit brachialer Gewalt und errichtete einen solch hohen Bau, dass die Hälfte unseres gen Süden angelegten Gartens keine Sonne mehr hatte. „Alles laut Bauverordnung" hieß es. Klar; wenn man 30 Jahre für sein Anliegen geschuftet hat und es wird – über Nacht – durch solch einen Bau deutlich weniger wert, dann ist dies ein Grund zum Traurigsein. Dieses Gefühl der totalen Machtlosigkeit gegen „Willkür" hat sie tief getroffen.

Und dann war da schließlich (es sind mir keine weiteren Belastungen aus ihrem Umfeld bekannt; dies heißt jedoch nicht, dass die nicht da waren) die unangenehme Sache mit Branta und dem Auftraggeber der Studie, dem Bundesministerium für Bildung und Forschung.
Es lief gegen Branta „ein Ermittlungsverfahren wegen des

Verdachts des Subventionsbetrugs".
Seit Juli 2016. Mit dem Text:

„Gegen Sie ist hier ein Ermittlungsverfahren anhängig, in dem Sie beschuldigt werden, als Geschäftsführerin der Branta Expert Net Consulting GmbH durch eine unzutreffende Abrechnungspraxis (120% Pauschale) Fördergelder des Bundesministeriums für Bildung und Forschung für das Projekt Kreanets in Höhe von insgesamt € 42.149,62 zu Unrecht erhalten und verwendet zu haben. Es besteht daher der Verdacht, dass Sie sich wegen Subventionsbetruges gemäß § 264 Abs, 1 Nr. 1 StGB strafbar gemacht haben. M. fr. Gr. Dr Both Staatsanwalt."

Ich muss alle diesbezüglichen Unterlagen noch irgendwo haben; finde die jedoch in diesem Moment nicht.
Dieses Ministerium war in Bonn ansässig. Sie ist viele Male dort hingefahren. Mit Menschen wie Peter Weber,

Rechtsanwalt; mit Holger Gies, ihrem letzter freien Mitarbeiter; mit mir, als moralischem Unterstützer. Die Klage lautete: sie hätte zu viele (freie) Mitarbeiter aufgeführt. Dies war jedoch nicht der Fall. Alles war so, wie es sich gehörte.

Eben: so wie die Traudel ihr ganzes Leben war, ehrlich, geradlinig, fair.

Jedoch besonders eine Dame in dem Ministerium war ihre Gegenspielerin; man mochte sich auf Dauer gegenseitig nicht. Alle scheinbar vergeblichen Besuche in Bonn waren jedoch – und wenn leider zu spät – fruchtbar. Sie hat das Schreiben vom 10. Mai 2017 des Staatsanwaltes nicht mehr sehen können. Sie wurde von der Anklage freigesprochen. Es wäre für die Traudel insbesondere und mir ein Ansporn gewesen, glücklich weiter zu leben.

Es durfte nicht sein.

Fazit:

Dass der ungeheuer schöne Mittelpunkt meines Lebens seit dem 2. Mai 2017 plötzlich weg ist. Es hätte nicht sein müssen.
Mein Leben ist jetzt ein anderes. Und ihr wisst endlich, warum.

Und wenn ich sterbe, dann möchte ich eingeäschert und auf der Urne der Traudel beigesetzt werden. Ich habe keine Familie hier.
Mein Grab wird niemand besuchen. Aber im Tod möchte ich wieder mit ihr zusammen sein. Denn ich liebe sie, nach wie vor.

Willem Paul van Lammeren.

NACHWORT

Ich schrieb meine „Memoiren" rund 2010.
Mehr als 500 Seiten.
Auch als rastloser Pensionär. Auf
Niederländisch, weil dies seit 1935 meine
Muttersprache ist. Vielleicht auch aus
Bequemlichkeit.
Oder aus Angst vor Fehlern in einer –
und nicht nur für mich – doch
schwierigeren deutschen Sprache. Viele
Freunde in Deutschland, Österreich und
der Schweiz haben mir diese damalige
Einseitigkeit übelgenommen. Und – im
Nachhinein – eigentlich zu Recht.

Denn: wenn man Interesse zeigt in einer
Person, aber um seine Memoiren zu
lesen, auch noch einen „Ableger der
deutschen Sprache" – so wird meine
Muttersprache von Experten gesehen –
lernen muss, ist das einen großen Schritt
zu viel verlangt.

Daher hier auf Deutsch. Nicht fehlerfrei; aber das ist keiner von uns. Ich habe in meinem Leben auf vielen Stühlen gesessen; anfangs auf total uninteressanten, später auf entschieden wichtigen. Daher der Titel. Das Umschlagsbild kommt aus dem Gustavsgarten rundum die Villa Wertheimber in Bad Homburg. Fünf Minuten Fußweg von meiner Wohnung entfernt. Frau Magdalena Abakanowicz hat die Skulpturen gemacht. Sie sind täglich im Freien zu besichtigen.

Corona beschäftigt uns fast alle. Ich halte mich an den Vorschriften. Und bleibe sogar gerne zu Hause.
Also habe ich den 2. Lockdown benutzt, um – frisch von der Leber weg – niederzuschreiben, wie mein Leben war. Als jetzt knapp 85-Jähriger. Hätte ich alle Einzelheiten aufzeichnen müssen, so wäre dieses Paperback wieder auf mindestens 500 Seiten gewachsen. Soll nicht sein. Daher der Untertitel „weniger ist mehr".

500 Seiten wollte ich nicht. Liest auch keiner. Also: lieber kompakt.
Für ausgiebige Diskussionen, den interessanten Text betreffend, stehe ich jedoch gerne und jederzeit zur Verfügung! Rufen Sie mich einfach an. Dann machen wir einen Termin bei mir. Freue mich darauf! Und schenke gerne ein gutes, möglichst bayrisches Bier dazu aus, damit die Diskussion zwischen uns „flüssiger" verläuft.

In dem Sinne wünsche ich Euch ein paar angenehme Lesestunden!

Euer Willem van Lammeren
im November 2020

IMPRESSUM

Autor
Willem van Lammeren
Mariannenweg 42
61348 Bad Homburg

Lektorat, Korrektorat
Malte Wetzig

Künstlerische Gestaltung und Satz
Malte Wetzig

© 2020 Willem van Lammeren

Herstellung und Verlag
BoD - Books on Demand
In de Tarpen 42
22848 Norderstedt

ISBN
9783752689761

Buch-Ladenpreis im Buchhandel
und im BoD Buchshop 7,99 € (inkl. MwSt.)